BRUCE DIE FANGSCHRECKE

Zwischen Begierde und Tod

Von J.D. Bennick

1.Auflage

Impressum

*Bibliografische Information der Deutschen
Nationalbibliothek: Die Deutsche Nationalbibliothek
verzeichnet diese Publikation in der Deutschen
Nationalbibliografie; detaillierte bibliografische Daten
sind im Internet über http://dnb.dnb.de abrufbar.*

Buch / Geschichte Copyright © 2019 by J.D. Bennick

Email: j.d.bennick@gmx.de
Homepage: jdbennick.jimdo.com
Facebook: J.D.Bennick@Poet.mit.der.Waschbaermaske

Herstellung und Verlag
BoD – Books on Demand, Norderstedt

ISBN: 978-3-7481-3240-0

Denise, Ben und Nick, seid euch meiner immerwährenden Liebe gewiss, in dieser absurden Zeitspanne, die wir Leben nennen!

Inhaltsverzeichnis

Vorwort

Ufologen blicken jeden Abend stundenlang in den Himmel, um nach Aliens Ausschau zu halten. Doch auch wenn das so manchem Physiologen nicht gefallen wird, der hinterher ihre Nackenbeschwerden behandelt und sich dabei eine goldene Nase verdient, so wird heute ein gut gehütetes Geheimnis gelüftet, das die Physiologen in die Arbeitslosigkeit treiben dürfte. Die Ufologen recken nämlich ihre Köpfe Nacht für Nacht in die falsche Richtung. Denn die Aliens sind bereits unter uns. Und das im wahrsten Sinne des Wortes - unter uns - und man muss höllisch aufpassen, sie nicht zu zertreten.

Ihre kleinen grünen Körper, bestückt mit vier langen und ebenso dürren Beinen, mit denen sie meist bedächtig und langsam über die Erde wandeln, ihre zwei überdimensionalen Fangarme, die blitzschnell zuschlagen können und ihre Opfer nur loslassen, wenn sie sich bereits im Magensaft aufgelöst haben, der kleine, dreieckige Kopf mit abgerundeten Kanten und messerscharfen Fressklauen, die einem eine höllische Angst einjagen – nun, all das kümmerte Bruce nicht. Zu recht, denn diese Beschreibung hätte er selbst verfassen können, trifft sie ihn doch aufs Vortrefflichste.

Bruce ist eine männliche Fangschrecke der Art *Mantis religiosa*, das heißt er ist eine männliche Gottesanbeterin. Kein Witz, offiziell gibt es keinen *Gottesanbeter*, also somit auch kein Wort für ein männliches Pendant. Gerade dieser Umstand wurmt ihn schon lange, auch weil er eigentlich überzeugter Atheist ist. Das wäre genauso schlimm, als würde man ständig einen HausMANN als PutzFRAU bezeichnen. Und als ob das nicht schon Grund genug wäre, ein äußerst zartes Selbstwertgefühl zu entwickeln, weil er als Mann vor der ganzen Welt immer dazusagen muss, nein BETONEN muss, dass er eine MÄNNLICHE GOTTESANBETERIN ist, um nicht von seinen eigenen Artgenossen (mehr oder weniger versehentlich) bestiegen zu werden, so hat er leider auf tragische Weise herausfinden müssen, dass es, während eines womöglich kurzen Lebens als, er betont - *Gottesanbeter* - noch dicker kommen würde! Noch nicht einmal die horrorschreibende Zunft hätte auf so eine grausame Idee für einen Plot kommen können, wie es das Schicksal von Bruce verlangte.

Die Trolle (Ausdruck für „Menschen" im Tierreich) dachten vielleicht, dass sie das Leben ficken würde? Tja, dann kennt ihr noch nicht Bruce` Geschichte und das Schicksal seiner männlichen

Artgenossen. Auf einen Nenner gebracht könnte man sagen: Sein Leben ist wirklich ver(f)/(zw)ickt.

Und gerade jetzt, in diesem Augenblick, steht er vor einer folgenschweren Entscheidung, die ihn wohl mit der essentiellsten Frage des Universums konfrontiert: Sein oder nicht Sein?

Aber, um es nicht bei einer Seite zu belassen, fängt seine Geschichte, wie üblich in Hollywood, ganz von vorne an.

Kapitel 1 - Geboren und schon verloren

Mitten im Wald hing eine schildartige Oothek, eine Eiablage, ähnlich wie ein Kokon, an einer Pflanze herunter. Die Mutter hatte alle 168 Eier dort eingearbeitet, darunter auch das von Bruce. Im Ei selbst war es stockdunkel und Bruce konnte seine riesigen Fangarme nicht sehen, mit denen er sich, ungeübt wie er war, ab und an selbst auf den Kopf schlug (und er sich dann fragte, wer zur Hölle noch vor seiner Geburt so grausam zu ihm sein konnte). Aber zumindest war es kuschelig warm und er konnte sich prächtig entwickeln.

Mit der Zeit wurde es ihm jedoch viel zu eng dort drin, weshalb sich Bruce irgendwann nicht mehr sonderlich wohl darin fühlte. Er empfand sein Zuhause als Gefängnis und schlimmer noch, er fühlte sich irgendwie eingepfercht. Langsam machte sich panische Schnappatmung bemerkbar. Seine bewusste Wahrnehmung, von sich und seiner Umgebung, hatte nämlich gerade erst begonnen und mit ihr ein erster Schmerz, des noch so zarten Lebens, der seinen kleinen Magen durchzuckte und sich ihm unerträglich aufzwang.

Er hatte Hunger. Angetrieben vom Gefühl der Leere in seinem Magen, biss er sich mit seinem scharfen Kauwerkzeug instinktiv durch die Kruste des Eies, in der er steckte. Biss für Biss nagte er eine Schale nach der anderen ab, bis er seinen Kopf durch das kleine Loch zwängte, das er geschaffen hatte. Und siehe da, er war nicht der Einzige. Hunderte seiner Schwestern und Brüder taten es ihm gleich und hingen mit ihren Köpfen und teils mit ihren Körpern aus ihren Eiern heraus.

Gerade als er das Licht der Welt erblickte, stieg ihm, von oben herab, irgendjemand, der vier Beine besaß, mitten ins Gesicht. „Aua! Du tust mir weh.", machte sich Bruce bemerkbar. „Entschuldige bitte, ich hab dich nicht gesehen.", erwiderte ihm eine süß klingende, weibliche Stimme. Trotzdem machte sie keine Anstalten, von seinem Kopf zu hüpfen. Stattdessen drückte sie solange mit ihren Beinchen auf seinem Schädel herum, bis Bruce schließlich vornüber aus seinem Ei fiel und sie hinterher. Unsanft schlug er auf dem harten Erdboden auf, aber so richtig weh tat es erst, als er den Sturz seiner weiblichen Artgenossin unwillentlich mit seinem zerbrechlichen Körper abbremste.

„Tut mir leid.", entschuldigte sie sich abermals, während Bruce verkrampft nach Luft schnappte. „Ich habe dort oben keinen Halt gefunden. Aber jetzt sind wir beide ja sicher nach unten gekommen.", meinte sie und erhob sich endlich von Bruce` Körper, der noch immer unter ihrem vollen Körpergewicht zu leiden hatte.

„Schön, dass ich behilflich sein konnte.", kommentierte er ironisch und klopfte sich den Staub von den Füßen. „Guck dir diese Arme an!", staunte Bruce über seine mächtigen Klauen und ein leichter Verdacht schlich sich ihm in den Sinn, dass er sich im Ei womöglich selbst versehentlich des Öfteren damit einen Klaps gab und niemand sonst. „So groß und stark!", freute sich Bruce, aber seine Schwester sah die Sache in einem anderen Licht. Sie konnte mit diesen groben Klötzen nicht wirklich viel anfangen. Elegant musste es für die Dame von Welt sein. „Ziemlich unhandlich die Dinger.", beschwerte sie sich. „Für was sind die eigentlich gut?" Doch kaum hatte sie das gefragt, klemmte bereits ein winziger Käfer in ihren Klauen, der um sein Leben bettelte. „Bitte, bitte, lass mich gehen!", schrie er. „Oh, aber sicher doch. Mein Fehler.", meinte die weibliche Fangschrecke, doch noch während des letzten Wortes ihrer Entschuldigung nagte sie bereits an seinen Kopf.

„Was tust du denn da?", rief Bruce erschrocken. „Ich kann nichts dafür. Es passiert einfach. Und es ist gut so!", antwortete sie ihm schmatzend und kaute dem Käfer genüsslich das letzte bisschen Kopf vom Körper. Erst jetzt realisierte er seine anderen 166 Geschwister, die das

Verhalten seiner Schwester kopierten. Ausnahmslos alle hielten lebendige Wesen in ihren mächtigen Armen und fraßen sie bei lebendigem Leib auf. Das Geschrei der Opfer ging ihm durch Mark und Bein(e).

Bruce nahm panisch Reißaus. Vor so viel Grausamkeit konnte er nur fliehen. Er lief geradewegs durch die dicht besiedelte Graslandschaft, immer weiter, bis ihn seine Füße nicht mehr tragen konnten. Hechelnd machte er Pause und lehnte sich an einen Grashalm. Die Schreie der Gefressenen aber hatten ihn bis hierher verfolgt. „Diese Bestien.", dachte er sich vor Mitleid und versuchte sich mit seinen unhandlichen Armen die Ohren zuzuhalten.

Dadurch, dass Bruce sich kaum von der Landschaft unterschied (Fangschrecken operieren im Tarnmodus und sehen, je nach Farbe, wie Gras oder Äste aus und dergleichen), spürte er ein winziges Insekt über seine Fangarme huschen. Instinktiv verschloss er blitzschnell seine Klauen und hielt es, ähnlich wie seine Schwestern und Brüder, in seinen Armen gefangen. „Hey! Ich kuschel nur mit meiner Frau, oder meiner Freundin. Aber verrate es nicht meiner Frau, ja?", meinte das Geschöpf, um die festgefahrene Situation mit einem Witz zu lockern. Bruce sah ihn wie hypnotisiert an, so als hätte er nicht mehr die Gewalt über seine Sinne. Hinzu kam der unerträgliche Schmerz in der Magengegend. Bruce klappte seine spitzen Kauwerkzeuge aus und fing an, das Insekt mit dem Kopf voraus, langsam in seinen Mund zu schieben. „Du wirst doch nicht!", rief das Insekt verzweifelt, doch Bruce kaute bereits an seinem Kopf herum. „Wenn du mich jetzt gehen lässt, ist es nur eine leichte Narbe - das verheilt wieder und wir sind pari." Doch der Vorschlag schien Bruce nicht zu schmecken, im Gegensatz zu seinem saftigen Haupt. Wieder biss er in den Kopf. „Wenn du mich jetzt gehen lässt, kann ich zumindest noch eine Rolle im Gruselkabinett bekommen und du bekommst Freikarten!", flehte das Insekt. Aber auch das half nichts. Als Bruce fast die Hälfte seines Kopfes abgenagt hatte, das Sprachzentrum schien noch intakt, rief das gegeißelte Insekt mit letzter Kraft und unter höllischen Schmerzen: „Du Bestie!"

Der Ausruf des Insekts zeigte Wirkung. Er selbst hatte genau denselben Gedanken, als er seinen Geschwistern beim Fressen zusah. „Ich will keine Bestie sein.", schmatzte Bruce mit etwas Gehirnmasse seines Opfers im Mund und spukte das gesamte Frühstück wieder aus. „Dann lass mich los und gib mir `ne Kopfschmerztablette.", rief das Insekt mit klaffender Wunde am Kopf. Sein Gehirn quoll hervor und etwas weniger als die Hälfte seines Gesichts war, nun ja, nicht mehr vorhanden.

Angewidert von sich selbst, ließ er sein Opfer wieder los. „Heute Morgen habe ich mich noch darüber geärgert, dass ich versehentlich in einen Hundehaufen getreten bin. Ich werde mich nie mehr über derlei Kleinigkeiten wie diese aufregen.", versprach sich das Insekt selbst und wollte gerade verschwinden.

Doch urplötzlich schoben sich die Grasbüschel beiseite und hunderte kleine Fluginsekten, die sich darauf tummelten, flogen panisch in alle Richtungen davon. Die Erde erzitterte und auf einmal tauchte ein weitaus größeres Exemplar von Bruce auf, zehn Mal so groß wie er.

"Ah, da ist ja ein verloren gegangener Sohn.", meinte die überdimensionale Gottesanbeterin und beugte sich zu Bruce hinab. „Mama?", fragte Bruce argwöhnisch. „Ja mein Kleiner. Ich bin deine Mama. Und du bist mein Sohn, Bruce."

Voller Freude umarmte Bruce einen Teil seiner Mutter (das rechte Vorderbein) und schmiegte sich ganz nah an sie.

„Wie ich sehe, habe ich dich gerade beim Fressen gestört.", meinte die Mutter überrascht und fuchtelte mit dem angekauten Insekt vor seiner Nase herum, das er kurz zuvor in die Freiheit entlassen hatte. „Friss mein Kleiner, friss. Damit du zu Kräften kommst."

Kapitel 2 – Bestie wider Willen

Bruce sah das wehrlose Insekt angeekelt an, überspielte aber seinen Gesichtsausdruck (der eigentlich immer gleich blieb, weil Insekten keine Mimik draufhaben) mit einem müden Lächeln. Langsam zog er es mit seinen Fangarmen zu seinen Kiefern, die sich fressbereit spreizten. „Ähm, hatten wir das Thema nicht schon? Veto Junge, Veto! Hilfe!", rief das Insekt, das nur noch eine intakte Gesichtshälfte besaß. „Tu so, als ob du um dein Leben schreien würdest.", flüsterte Bruce. Das Insekt sah ihn verwundert an und brüllte. „Ich schreie bereits um mein Leben! HILFE!"

Bruce gaukelte seiner Mutter vor, dass er gerade dabei war, diesen Käfer genüsslich zu vertilgen. Dabei presste er den Kopf seines Opfers so dicht vor sein Kauwerkzeug, dass die Mutter nicht einsehen konnte, dass Bruce im Grunde nur die Luft kaute. „Mmh, lecker wie das schmeckt. Und so schön kross." Erst jetzt verstand der Käfer, was Bruce wirklich vorhatte und rief theatralisch: „Welch´ Schmerz! Welch unerträglich großer Schmerz meinen ach so hübschen Körper heimsucht. Mit jedem Biss ein *biss-chen* mehr. Ade schöne Welt. Ade du grässliche…", doch Bruce bremste ihn. „Etwas weniger Dramatik bitte!", flüsterte er.

Bruce` Mutter bekam ohnehin nicht viel mit. Sie schien irgendwie abgelenkt zu sein und beachtete das Schauspiel kaum. „Na dann lass dich nicht von mir beim leckeren Frühstück stören Kleiner, ich hab noch etwas mit deinem Vater zu erledigen.", sagte seine Mutter mit einem Funkeln in den Augen, das fast unheimlich wirkte.

Nachdem sich seine Mutter von ihnen ein Stück weit entfernt hatte, ließ Bruce seine Mahlzeit los. „Puh! Nach meinem Geschmack war das etwas zu knapp.", meinte das angekaute Insekt. „Sag mal, was bist du eigentlich für ein Wesen?", wollte Bruce wissen, damit er wusste, worauf sein Gaumen anfällig war. „Ich? Du fragst ernsthaft, was ICH bin? Siehst du nicht meine prächtigen, schwarzen Punkte am Rücken, die auf diesem wunderschönen, roten Hintergrund verewigt wurden? Gott selbst muss diesen perfekten Pinselstrich gezogen haben, als er mich schuf. Außerdem scheinst du mir ein ziemlicher Kunstbanause zu sein. Ich bin nämlich der berühmt berüchtigte Opernsänger Baba Schrotti und wie man unschwer überhören kann, der beste Tenor, der ein Marienkäfer nur sein kann." Nachdem Baba Schrotti seinen Beruf erwähnt hatte, gab er alle seine oralen Ausdünstungen nur noch in leichtem Gesang wieder. „Ich bin der einzige, der über drei Oktaven singen kann (Kenner wissen, dass das unmöglich ist, aber Baba nicht, deswegen er auch wirklich hierzu im Stande ist). Kostprobe gefällig?"

Bruce winkte dankend ab. „Ähm jetzt eher nicht. Heb dir das doch für später auf. Ich muss Antworten finden." Baba schnippte mit seinen Fingern und wandte sich beleidigt wie eine Diva von ihm ab. „Na dann eben nicht. Wer nicht will, der hat schon. Angenehmes Leben noch.", wünschte der Marienkäfer und war im Begriff zu verschwinden. „He! Moment mal. Du kannst doch jetzt nicht einfach so abhauen.", grummelte Bruce. „Und ob, wie du siehst." Baba ging einfach schnurstracks weiter und kümmerte sich nicht um die Fangschrecke. „Ähm.", räusperte sich Bruce. „Ich habe dein Leben zwei Mal verschont. Bist du mir da jetzt nicht einen oder zwei Gefallen schuldig?" Baba blieb stehen und stapfte mit seinem Fuß auf den Boden. „So läuft das nicht, Junge.", gab er ihm zu verstehen. „Ach ja! Und wie läuft das normalerweise?" Baba drehte sich zu Bruce um. „Normalerweise fressen Gottesanbeterinnen wie du, Insekten wie mich und streifen nicht gemeinsam durch die Grassavannen!" Bruce überlegte. „Dann habe ich das „Normalerweise" soeben aufgehoben. Oder habe ich dich etwa gefressen?" Baba suchte nach einem Argument, um ihm begreiflich zu machen, dass er keinesfalls mit einer Todesmaschine wie ihm zusammen sein konnte. „Keine Ahnung was dich geritten hat. Aber Gottesanbeterinnen und Marienkäfer – das ist keine gute Kombi. Meistens verliert dabei einer sein Leben und dieser „Meistens" bin ich. Und überhaupt, wieso brauchst du mich so dringend?"

Bruce horchte in sich hinein. „Um ehrlich zu sein, schmeckst du mir außerordentlich gut. Aber tief in mir drinnen, da sträubt sich alles dich aufzufressen. Und ich weiß nicht, warum. Schließlich habe ich Hunger." Baba dachte sich, noch ein Grund sich so schnell wie möglich aus dem Staub zu machen. „Da du der Erfahrenere bist, erhoffe ich mir durch unser Beisammensein einige Antworten. Und bitte nenne mich nie wieder Gottesanbeterin. Erstens bin ich ein Mann und zweitens, was soll Gott eigentlich heißen?" Baba strich sich mit seinen Händen genervt über sein Gesicht und stellte erschrocken fest, dass irgendetwas fehlte. Und zwar seine linke Gesichtshälfte. Vorsichtig betastete er seine Wunde und drückte auf der freiliegenden Gehirnhälfte herum, aber das schien ihm zumindest keine Schmerzen zu verursachen. „Ich muss dieses von der Natur fehlgeleitete Wesen loswerden und mir einen Spiegel besorgen.", dachte Baba, ein zweifellos eitler Zeitgenosse. Noch ahnte er nicht, wie schlimm es wirklich um sein bezauberndes Gesicht stand.

„Du musst beim Schlüpfen ganz schön was auf die Rübe bekommen haben.", postulierte der Marienkäfer schließlich. „Wenn du Antworten auf die Fragen *wer oder was du bist* haben möchtest, musst du nur deiner Mutter folgen!"

Bruce nahm den Ratschlag liebend gerne an, zumal er dadurch auch die Möglichkeit bekam, endlich seinem Vater zu begegnen. Die junge Fangschrecke stellte sich hinter Baba und drückte ihm einen seiner Fangarme in den Rücken, ähnlich wie es Soldaten mit ihren Gewehrläufen bei einem Gefangenentransport taten. Die charmante Message dieser kleinen Geste war unverkennbar und in ihren Folgen noch unabsehbar.

„Aber du kommst mit!", befahl er dem Marienkäfer. Widerwillig und murrend marschierte Baba mit Bruce durchs Dickicht, der Spur seiner Mutter folgend.

Kapitel 3 – Philosophiestunde

„Wir folgen diesem Pfad, den uns meine Mutter geebnet hat.", meinte Bruce. „Du meinst, dieser Schneise der Verwüstung! Bei dem Fettarsch kein Wunder.", stichelte der Marienkäfer. Überall hingen Grasbüschel geknickt auf halb zwölf, die in der Summe eine deutlich erkennbare Spur ergaben. „Die musste es aber eilig haben. Sehr verdächtig, sehr sogar.", dachte Baba. Bruce musste Baba, der auf dieses abenteuerliche Wagnis genauso viel Lust hatte wie ein überzeugter Nichtraucher auf eine angebotene Zigarette, mit erhobenen Klauen immer wieder davon überzeugen, dass er gefälligst der Spur seiner Mutter zu folgen hat. Uns so durchschritten sie die schier endlose Grassavanne, während Bruce sich darüber freute, bald auch seinen Vater zu Gesicht zu bekommen. Nur Baba murrte ständig irgendwelches Kauderwelsch vor sich hin. „Wenn ich nicht so viel Flugangst hätte – Flugangst... ich Dummkopf.... das hast du jetzt davon, du Trottel." Bruce hörte zwar die Laute der Worte, die Babas Mund verließen, aber auf so undeutliche Art und Weise, dass er nichts damit anzufangen wusste.

„Du Baba?" unterbrach er den leidenschaftlich fluchenden Marienkäfer. „Was ist ein Gott?", fragte Bruce nachdenklich. „Ach du heiliger Bimbam. Auch das noch. Erst hält mich diese kleine Gottesanbeterin gegen meinen Willen gefangen und jetzt will sie doch tatsächlich mit mir das Philosophieren anfangen. Langsam wird er lästig, der Kleine.", flüsterte Baba zornig zu sich selbst. „Was ist denn nun ein Gott?", machte sich Bruce wieder bemerkbar und stieß ihn dabei unsanft von hinten an. „Gott, ähm... Gott..., ja Gott ist zuallererst mal ein Drittel des Namens, der deine Spezies klassifiziert. Ohne Gott wärst du nur ein äh, *Esanbeterin*. Ja genau." Auf die Schnelle fiel dem Marienkäfer nichts Besseres ein. Aber die unkonventionelle Antwort sollte in der kleinen Fangschrecke eine philosophische Fragewelle auslösen.

„Das versteh ich nicht.", meinte Bruce enttäuscht. „Also wäre ich ohne Gott jemand anderes?"„Ja ähm... Ja genau! Ohne Gott, wärst du mit ziemlicher Sicherheit jemand ganz anderes. Vielleicht ja dieser *Esanbeterin* oder ein Marienkäfer, wie ich.", gab ihm Baba zu verstehen und war selbst erstaunt darüber, wie tiefsinnig er sein konnte. Bruce überlegte - ziemlich lange sogar, während sie unaufhörlich einen Fuß vor den anderen durch die Graslandschaft setzten. „Also ist Gott ein Wesen, das mich zu dem macht, was ich bin." Baba verdrehte sein einzig verbliebenes Auge, das rechte und bleckte seine Zunge heraus, weil er dachte, die

Philosophiestunde wäre schon seit einer gefühlten Ewigkeit vorbei (nach den Uhren der Trolle vergingen satte fünfzehn Minuten bis sich Bruce dazu geäußert hatte, was im Insektenkosmos etwa einer Stunde gleichkam). Die frisch geschlüpfte Fangschrecke bekam Babas Gesten jedoch nicht mit, da sie noch immer hinter ihm marschierte, die Fangarme gegen seinen Rücken drückend. Der Marienkäfer jedenfalls, weigerte sich zu irgendeiner Antwort hinreißen zu lassen und verschränkte demonstrativ seine Arme. Er war vielmehr damit beschäftigt, sich einen intelligenten, ausgefuchsten Fluchtplan auszudenken. Dieses Bürschlein, so dachte er, sollte doch nicht allzu schwer hinters Licht zu führen sein. Als jeglicher Dialog ausblieb, kam Bruce zu folgendem philosophischen Entschluss: „Hm, dann ist also dieser Gott dafür verantwortlich, dass ich dich fressen möchte."

Auf ein Mal viel der Marienkäfer von der einen Sekunde auf die nächste um, genauso starr, wie ein abgesägter Baumstamm. Erschrocken stieß ihn die junge Gottesanbeterin an. „He Baba. Was ist los mit dir?" Schaum bildete sich um Babas Mund, die Zunge hing schlabbernd heraus und seine Füße zitterten so stark, als hingen sie an einem losen Starkstromkabel. Mehr als überfordert von der Situation, verpasste Bruce ihm mit seiner mächtigen Klaue erst einmal eine Schelle links, eine Schelle rechts. „Komm zu dir!", flehte er ihn an und stieß Babas Kopf immer wieder gegen den Erdboden. Doch Baba reagierte kaum. Zwischen den einzelnen Stößen hatte der Marienkäfer zwar immer wieder einen wachen Moment, stammelte dann ein kaum hörbares „Aufhören!" oder „Mir geht's gut", der mit dem nächsten Stoß allerdings wieder in der Bewusstlosigkeit endete. Bruce` wahnsinniger Gesichtsausdruck (der sich zu keiner Zeit veränderte, da Insekten immer gleich dreinsehen) entlarvte, dass er sich in einem wahren Rauschzustand befand, der ihn nichts mitbekommen ließ und der erst dann tragischerweise abflachte, als Bruce ihn mit dem letzten Stoß wieder in den Epilepsie-Modus versetzte. Unaufhaltsam floss der weiße Schaum aus dem kleinen Marienkäfer, immer weiter, tropfte auf den Boden und schon bald war sein ganzer Körper darin getränkt.

Während Bruce seinen Gefangenen so ansah, bemerkte er ein winziges Sandkorn in seiner offenliegenden Gehirnhälfte. Vielleicht gehörte das da einfach nicht hin, dachte er sich und richtete sich wie ein Golfspieler über Babas Kopf aus, um das Körnchen Tiger-Wood-mäßig mit seinen Klauen vorsichtig aus der Gehirnmasse wegzuschlagen. Hochkonzentriert visierte er das Sandkorn an, tippte es kurz an, um die Schlagrichtung zu justieren und holte aus. PLOPP. Bruce traf das Sandkorn mit einem mächtigen Schwung, ließ aber Babas Gehirn dabei zu seinem eigenen Erstaunen unverletzt. Sofort kam Baba zu sich. „Was ist geschehen?", fragte er ungläubig am Boden liegend. Doch noch ehe Bruce ihm antworten konnte, prallte das Sandkorn an einem Gestrüpp ab und landete wieder mit voller Wucht in der offenliegenden Gehirnmasse von Baba. Diesmal allerdings zwei Millimeter links von der ursprünglichen Ausgangsposition versetzt. Sofort kippte er um. Das Schäumen blieb diesmal aber aus.

„Wie fühlst du dich?", fragte die Fangschrecke, als der Marienkäfer ganz von alleine wieder sein einzig intaktes Auge aufschlug und sich erhob. „Très bien." (zu dt. „sehr gut"), antwortete Baba, der, wie es schien, nun französisch sprach. „Wie bitte?", fragte Bruce verwirrt. „Je parle par énigmes?" (zu dt. „Spreche ich in Rätseln?"), erwiderte der Marienkäfer. Diese Verhaltensauffälligkeit musste offensichtlich vom Sandkorn herrühren, das wohl irgendwelche Nervenbahnen des offenliegenden Gehirns beeinträchtigte, gar manipulierte, vermutete Bruce. Während der Marienkäfer einen französischen Song trällerte (es konnte gut möglich sein, dass es „Papaoutai" von Stromea gewesen ist, aber sicher war sich Bruce nicht, denn 1. kannte er Stromea nicht und 2. verstand er kein Wort Französisch), versuchte die Fangschrecke mit seinen Klauenarmen vorsichtig das Sandkorn aus seinem Gehirn zu entfernen. Weil Baba aber sich während des Singens so schön hin und her bewegte, was mit beiden Augen zugedrückt fast als Tänzchen angesehen werden konnte und weil die Fangschrecke mit ihren Klauen nicht gerade als feinmotorischer Gehirnchirurg durchging, verrutschte das Sandkorn beim Versuch es gänzlich zu entfernen, um wenige Millimeter. Plötzlich stand ein ganz neuer Charakter vor Bruce, denn mit einem Mal schlug Baba einen Rückwärtssalto, landete auf seinen Beinen, streckte einen Arm aus und forderte Bruce mit einem Handwink und unter einem langgezogenem Gebrüll in Bruce-Lee-Manier zum Kampf heraus. Die Fangschrecke verstand natürlich auch kein Chinesisch, aber sehr wohl die Drohgebärden ihres Gegenübers. Ohne Worte sprang Baba mit einem Fußkick in Richtung Bruce, der sich geschickt einmal um 180 Grad wegdrehte und ihm dabei einen Hinterkopf-Klatscher verpasste, der dieselbe Wirkung entfachte wie der Roundhouse-Kick von Chuck Norris. Nicht nur das Sandkorn flog in hohem Bogen durch die Lüfte, sondern auch dessen Wirt.

„Was ist geschehen?", fragte Baba erschrocken, der sich den Staub von den Füßen klopfte und sich an die letzten Minuten überhaupt nicht mehr erinnern konnte. „Viel. Entweder ist dieses Sandkorn Gott, weil es eine ungeheure Macht ausübt...", Bruce hob es auf und hielt es sich vorsichtig an seinen Kopf – nichts passierte - , „...oder es gibt keinen Gott, weil dein Gehirn dich zu dem macht, wer du bist. Und in deinem Fall viele Persönlichkeiten hervorruft. Dazu bedarf es dann keinen Gott. Nur dieses Sandkorn und dein offener Schädel." Bruce nahm das Sandkorn an sich und behielt es für alle Fälle vorerst für sich. Man konnte ja nie wissen, wann man es noch gebrauchen konnte, schien in seinem Gesicht geschrieben zu sein.

Der Marienkäfer verstand nur Bahnhof. „Jetzt sind ihm wohl die letzten Zacken aus der Krone gefallen.", dachte er sich. „Verstößt es gegen die Naturgesetze ein Atheist zu sein, obwohl man eine männliche Gottesanbeterin ist?", fragte die Fangschrecke mit einer hochgezogenen Augenbraue, die sie nur andeuten konnte, weil sie keine besaß. Der Marienkäfer lachte hämisch. „Und trotzdem bleibst du eine „Anbeterin", auch wenn du Gott aus deinem Leben streichst." Bruce wollte von ihm wissen, was er unter Anbeterin zu verstehen hätte. „Die weibliche Form einer gottesverehrenden Person.", meinte Baba und ließ seine Lippen spöttisch vibrieren. „Moment, Moment. Ich bin eine Anbeter-IN?" Der Marienkäfer grinste. „Jap. Offiziell gibt es keinen „Gottesanbeter". Du bist eine männliche Gottesanbeter-IN!" Die Fangschrecke betrachtete aufgebracht ihren Körper. „Puh, kein Indiz für eine weibliche Art! Glück gehabt.", dachte sie sich. „Ich werde das ändern! Ich werde der Welt zeigen, dass ich nicht das bin, wozu mich DEIN Gott gemacht hat. Ich bin nämlich weder eine BESTIE, noch eine MÄNNLICHE GOTTESANBETERIN!"

Doch bevor der philosophische Exkurs weiterging, hörte Bruce plötzlich seine Mutter lachen und eine männliche Stimme, die allem Anschein nach seinem Vater gehören musste. Nach ihren Geräuschen zu beurteilen, hatten sie gerade sehr viel Spaß miteinander. Von der Neugier gepackt, schob Bruce die Grasbüschel beiseite, hinter denen sich seine Eltern vergnügten. Was er allerdings dann zu sehen bekam, würde ihn für alle Zeit entfremden.

Kapitel 4 - In flagranti

Baba Schrotti ahnte bereits Schlimmes und hielt sich sein einzig sehendes Auge mit seinem Arm zu. Er lugte dabei aber immer wieder zwischen seinen nicht vorhandenen Fingern hervor, weil er insgeheim doch neugierig war – neugierig, wie Bruce das verkraften würde, was er nun zu Gesicht bekäme – und, was man ihm bei seinem Intellekt nicht zugestehen wollte, weil er tief im Innern ein kleiner Spanner war.

Bruce zwängte seinen Kopf durch die auseinandergedrückten Grasbüschel und erkannte seine Eltern sofort, wie sie sich freudig gegenseitig bestiegen. Sein Vater, der um einiges kleiner war als seine Mutter, stocherte motiviert mit seinem Hinterleib an ihrem herum und das mit einem nie dagewesenen freudig-besessenen Gesichtsausdruck, der alle Naturgesetze des Universums auszuhebeln vermochte, weil Insekten nun mal keine Mimik besaßen und im Grunde immer gleich aussahen. Aber nicht in diesem besonderen Fall, der wahrhaft spaßig sein musste, dachte sich Bruce. Denn sein Vater grinste, nein er strahlte bis über beide Ohren, die zugegebenermaßen so gut versteckt waren, dass selbst die Fangschrecken unter sich behaupteten, ihre Ohren wären nur ein Mythos.

Seine Eltern stöhnten im wippenden Takt immer wieder die Worte „Oh Gott, Oh Gott" und zum ersten Mal wusste Bruce, wo der Name Gottesanbeterin seinen Ursprung hatte. „Guck Baba, wie lieb sich meine Eltern haben.", verkündete Bruce lächelnd in seiner naiv kindlichen Wahrnehmung, während er sich zu dem Marienkäfer wandte, der selbst erregt von dem Schauspiel, dicht gedrängt hinter ihm über seine Schulter guckte, sich jedoch schnell wieder hinter ihm positionierte, seinen ausgestreckten Insektenarm betrachtete, anfing eine liebliche Melodie zu pfeifen und so tat, als würde ihn das alles überhaupt nicht interessieren.

„Ja, deine Eltern, die lieben sich. Sieht man.", räusperte sich der Marienkäfer peinlich berührt und die rote Farbe seines Rückens leuchtete fast heller auf, wie die einer Ampel. „Aber nun, ähm, lass uns hier verschwinden." Baba Schrotti wusste nur allzu gut, was als Nächstes passieren würde, denn der befriedigende Gesichtsausdruck seines Vaters nach getaner Arbeit, war ihm nur allzu vertraut. Er kannte aber auch die Essgewohnheiten der Fangschrecken und wollte Bruce unter allen Umständen vor einem psychisch grausamen Traumata bewahren. Nicht, weil er Mitleid mit ihm hätte, sondern einzig und allein aus Angst, dass er durch das grausige Verhalten seiner Mutter zum Appetit angeregt wurde, was ihn letztlich den Kopf kosten würde (oder den halben, denn die andere Hälfte schmorte ja bereits in Bruce` Magensaft).

„Spinnst du?", regte sich Bruce auf. „Endlich habe ich einen Beweis dafür, dass meine Spezies zu lieben fähig ist und ich keine Bestie bin, da willst du von hier verschwinden?" Doch Bruce hätte mal besser nicht den Tag vor dem Abend gelobt, denn kaum hatte er das ausgesprochen, hallte ein von Schmerz gegeißelter Schrei durch die Graslandschaft, der die beiden erschaudern ließ. Baba Schrotti deutete auf Bruce` Eltern, während er angewidert seinen Kopf von der bestialischen Szene wegdrehte. „Da! Da hast du deinen Beweis.", meinte der Marienkäfer mit schlottrigen Knien.

Bruce wandte sich wieder seinen Eltern zu. Fassungslos betrachtete er die Grausamkeit, die sich nun vor seinen Augen abspielte. Seine Mutter, die er kurz zuvor noch liebevoll umarmte, nagte noch während des Liebesspiels am Kopf seines Vaters herum und fraß ihn bei lebendigem Leib. Sein Vater schien sich, als seine Holde ihm das Schmerzzentrum weggefressen hatte, nicht mehr sonderlich darum zu kümmern, war er doch noch immer damit beschäftigt, seinen Hinterleib an dem seiner Mutter zu reiben. Bruce warf ein entsetztes „Nein!" in die alles andere als illustre Runde, was die Aufmerksamkeit seiner Eltern auf sich zog. „Bruce!", räusperte sich seine Mutter. „Was machst du denn hier?", fragte sie mit einem Hauch *Ich fühle mich ertappt* in der Stimme. „Die Frage lautet wohl eher, WAS MACHST DU DENN HIER?", schrie Bruce seine Mutter mit größter Verachtung an, weil sie nicht aufhörte den Kopf ihres Vaters zu verzerren, nicht mal jetzt, wo ihr Sohn dabei Zeuge wurde. „Ich habe deinem Vater immer wieder gesagt, dass so etwas früher oder später passieren würde. Immer wieder hab ich ihm gesagt, dass ich ihn zum Fressen gern hätte. Mich trifft keine Schuld, er wollte nicht hören.", verteidigte sich seine Mutter und biss noch einmal herzhaft in die offene Schädeldecke ihres Mannes. (Nach dem nie veröffentlichten Autopsiebericht ging später hervor, dass Bruce` Vater taub war und er daher zu keiner Zeit eine wirkliche Überlebenschance hatte, da er kein Wort seiner Ehefrau verstand. Vielleicht war das auch der Grund, warum ihre Ehe so ungewöhnlich lange hielt).

Bruce betrachtete sich noch mal den Torso seines Vaters, dessen Kopf nur noch aus seinem Mund und offener Gehirnmasse bestand und ihn dadurch unwillkürlich an Baba Schrotti erinnerte. Alle Gesichtsmerkmale schmorten bereits im Magensaft seiner Mutter dahin und es sah nicht so aus, als würde sie den Rest von ihm verschonen. Sie schob ihn häppchenweise immer weiter in ihren Schlund und nagte nun genüsslich an seinem Hals -

von seinem einst so hübschen Kopf war keine Spur mehr. „Du Bestie!", schrie Bruce verzweifelt. „Das ist unsere Natur. Gott hat es so für richtig befunden.", entschuldigte seine Mutter ihr Verhalten, wobei sie leicht aufstoßen musste. „Hallo? Halloho? Du frisst gerade meinen Vater! Meinen Papa. Das kann doch nicht richtig sein. Ich jedenfalls will niemals so werden wie du oder so enden wie mein Vater! Ich will nichts mehr von dir oder von Gott wissen. Ich kreiere mich selbst. Keine Bestie, keine männliche Gottesanbeterin, nein, sondern ein guter Esanbeter!" Seine Mutter lächelte nur verschmitzt, während ein Arm seines Vaters aus ihrem Mund herauslugte. „Du kannst nicht aus deiner Haut. Früher oder später wirst du deiner Natur folgen müssen, um nicht selbst zu sterben. Und dann mein lieber Sohn, wirst du diesen Marienkäfer mehr als schmackhaft finden. Und was das Schicksal deines Vaters angeht: Es wird die Zeit kommen, in der du nur einen Gedanken haben wirst und zwar den, dich fortpflanzen zu wollen. Spätestens dann wirst du ja doch in die Fußstapfen deines Vaters treten und als Mahlzeit deiner Zukünftigen enden."

Das war genug für Baba Schrotti, der sich bei den Stichwörtern „Marienkäfer fressen" auch gerade klangheimlich aus dem Staub machen wollte, aber im selben Moment von Bruce` Fangarmen am

Kragen erwischt wurde. „Sieh Mutter, sieh. Ich habe diesen Marienkäfer verschont. Wir müssen unsere Natur nicht annehmen. Wir müssen keine Bestien sein!", sprach er und hielt Baba vor sich. Kauend und schmatzend betrachtete sich seine Mutter den Marienkäfer. „Aber wie ich sehe hast du schon angefangen ihn aufzufressen. Oder habe ich verpasst, dass heute Halloween ist?" Sie deutete auf Baba Schrottis Gesichtsverletzungen.

„Ach das… ja ähm… das! Das passiert, wenn man dem Gott oder der Natur, nenne es wie du willst, freien Lauf lässt. Aber ich konnte mich beherrschen, wie du siehst. Und ich werde Baba Schrotti niemals auffressen. Niemals, hörst du. Im Gegenteil, ich werde ihn mit meinem Leben verteidigen. Das bin ich ihm mindestens schuldig für das was ich ihm Grauenhaftes angetan habe." Der eitle Baba Schrotti, der ein paar Millimeter wehrlos über dem Erdboden an Bruce` Fangarmen hing, wünschte sich in diesem Moment nichts sehnlicher als etwas, das sein Antlitz widerspiegeln konnte. „Ein Königreich für eine Pfütze.", dachte er sich mit singender Kopfstimme, ganz Tenor.

Bruce musste sich eingestehen, dass er bei seiner Mutter mit Argumenten nicht weiterkam. Er versuchte es mit Anbrüllen und dachte auch schon über einen Angriff nach. Diesen Gedanken ließ er aber mangels körperlicher Stärke gleich wieder verpuffen. Geschockt sah er der Person, von der er am meisten dachte, sie könne ihm dabei helfen, sich nicht in eine ebenso teuflische Fressmaschinen wie seine Geschwister zu verwandeln, zu, wie sie das schlimmste Verbrechen vor seinen Augen verübte: Familienmord. Wie in Zeitlupe spielten sich die grausamen Szenen vor Bruce ab, bis nichts mehr von seinem Papa übrig blieb, außer einem halb angefressenen Flügel, der langsam zu Boden schwebte. Nachdem seine Mutter die Gebeine ihres Ehemanns wie Spaghetti hineingeschlürft hatte, meinte sie: „So wollte es Gott!"

Angewidert von seiner Mutter und seiner Natur, drehte sich Bruce von ihr weg und brüllte: „Ich hasse Gott!" Weinend rannte er in das endlose Grün des Gestrüpps, ohne Ziel vor Augen, Baba Schrotti noch immer am Kragen packend hinter sich her schleifen.

Kapitel 5 – Lauf Bruce, Lauf

Bruce rannte immer weiter. Die Grasbüschel schlugen ihn und dem Marienkäfer, den er partout nicht loslassen wollte, von allen Seiten ins Gesicht. Und auch wenn die peitschenden Gräser höllisch weh taten, war der Schmerz nur ein Klacks im Gegensatz zu der Qual der Erkenntnis, dass er nach dem Willen Gottes ein zombieähnliches Wesen sein soll, dass sich nicht beherrschen kann und sogar seine Familienmitglieder frisst. Keine noch so physische Pein konnte so grausam sein, wie dieses aufgezwungene Schicksal des Kosmos. „Peitscht mich, geißelt mich, aber lasst mich nicht zu so einer traurigen Gestalt mutieren.", dachte sich Bruce im Laufschritt, der sich, wie es schien, eine gehörige Portion theatralisches Gehabe von seinem Opernsänger-Freund abgekupfert hatte.

Baba Schrotti konnte sich indes nicht von Bruce lösen und nahm jeden Grashalm, der in sein Gesicht klatschte, ohne Regung und völlig gefasst entgegen. Er konnte es eh nicht verhindern. Nach hunderten eingeschlagenen Grünzeugs, glühte das Gesicht des Marienkäfers fast genauso in hellem Schein, wie sein roter Körper. Wenn man dieser gesichtsschlagenden „Büschelei" ein Prädikat anhaften konnte, dann, dass es super durchblutungsfördernd war.

Langsam ging Bruce die Puste aus, obwohl er mitnichten stehen bleiben wollte. Fast schien es so, als wäre er im Glauben, dass er von seiner gottgegebenen Natur davonlaufen konnte. Deswegen zögerte er eine Verschnaufpause so lange wie möglich hinaus. Seine Angst, von seiner Natur eingeholt zu werden, war enorm. Und so schleppte er sich mehr schlecht als recht, völlig außer Atem, einen Schritt nach dem anderen, immer weiter in nur eine Richtung: Weg von Zuhause.

Doch irgendwann forderte sein kräftezerrender Run seinen Tribut und er stürzte bewusstlos zu Boden. Dabei ließ er den Marienkäfer los, der einige Zentimeter von ihm wegschleuderte und unsanft in ein nahe gesponnenes Spinnennetz schlitterte. „Ich würde es verstehen, wenn heute Freitag der 13. wäre.", flüsterte Baba Schrotti, gefangen im Konstrukt, zu sich selbst und nahm diese Wendung seines Schicksals ebenfalls ungerührt hin. „Lieber ein schnelles Ende…!" Doch mit dem Auftritt seines Henkers, einer besonders übelaussehenden Spinne, erkannte er das ganze Ausmaß dieser Tragödie.

Die Erschütterung der gesponnen Todesfalle ließ nämlich den gewieften Konstrukteur nicht lange auf sich warten. Acht Augen schimmerten in der

Abenddämmerung von oben auf Baba Schrotti herab und langsam bewegten sie sich auf ihn zu. Geschmeidig durchwanderte die Spinne ihr eigenes Werk, den Blick fokussiert auf ihre Mahlzeit. Sie wusste, wie sie sich zu bewegen hatte, um nicht selbst daran festzukleben. Aber dieses Geheimnis gab sie niemandem preis.

Spätestens jetzt konnte der Marienkäfer nicht mehr nur darauf warten, aufgefressen zu werden, denn plötzlich erwachte ein Urtrieb in ihm, der mit Adrenalinschüben nicht geizte. Sein Überlebenswille ließ ihn hyperaktiv werden. Durch sein Rumgehampel und Rumgewinde wurde jedoch noch alles viel, viel schlimmer. Er verhedderte sich so stark im Netz, dass ihm zum Schluss nur noch sein Kidnapper helfen konnte.

„Bruce, wach auf! Komm schon Kumpel, ich werde gleich verspeist. Von einer BESTIE!" Der Marienkäfer nahm das Wort „Bestie" gezielt in den Mund, weil er wusste, dass dieser Ausdruck etwas in der Fangschrecke auslöste, das er selbst nicht sein wollte. Dadurch erhoffte er sich, dass Bruce schneller aus seinem Dämmerzustand erwachte. Doch die Fangschrecke blieb regungslos liegen.

Schon schnappten die Arme der Spinne nach dem Marienkäfer und rollten ihn mit Hilfe der klebrigen Spinnendrüsen aus ihrem Hinterleib zu einem Kokon. Es ging alles rasend schnell, sodass

Baba Schrotti seinem Freund Bruce nicht mehr um Hilfe bitten konnte, als sein Kopf enggeschnürt unter der Seide verschwand. Aber Baba Schrotti wäre nicht der berühmte Opernsänger und Tenor, wenn er nicht Baba Schrotti und der berühmte Opernsänger gewesen wäre. Aber weil er das doch war, hatte er noch ein Ass im Ärmel, beziehungsweise im Kehlkopf. Sobald nämlich die Spinne angefangen hatte, ihn mit ihren klebrigen Fäden zu umgarnen, holte er geistesgegenwärtig tief Luft und hielt sie während der gesamten „Spinnerei" angehalten. Dabei blähte sich sein Bauch dermaßen auf, dass er jetzt, nachdem er die Luft wieder ausgeatmet hatte, etwas mehr Platz in seinem neuen Gefängnis hatte. Das hatte den Vorteil, dass er nun einen letzten großen Tenorauftritt absolvieren konnte, bevor er als Mahlzeit verspeist wurde, da er jetzt die Möglichkeit hatte, einen kräftigen Atemzug zu nehmen.

Und Baba Schrotti sang, wie noch nie zuvor, um sein Leben. „BRUCE HILF MIR!", dröhnte es aus dem Kokon in Tenorlage. Die Spinne, die ihre Mahlzeit gerade verschleppen wollte, wurde dabei ganz schön durchgeschüttelt. Die Fäden des Kokons hielten dem prächtigen Gesang nicht stand und lockerten sich durch die vibrierende Luft immer weiter, bis der Kopf des Marienkäfers aus den unzähligen Spinnfäden, die sich um seinen Körper gelegt hatten, herauslugte. Diese brachiale Stimme konnte Tote wiedererwecken und so auch Bruce von seinem Schläfchen.

„Wie? Was ist passiert?", fragte sich die Fangschrecke und rieb sich erst mal die Augen. „HIER OBEN!", sang Baba Schrotti inbrünstig und wehrte mit seinem Gesang, wobei er viel Luft aus seinen Lungen presste, den ersten Angriff der Spinne ab, die versuchte, ihm den Kopf abzubeißen. Aber Baba Schrottis Ausdünstungen wehten seinem Fressfeind orkanartig entgegen, wobei die Spinne rückwärts aus ihrem Netz zu Boden fiel. Das verschaffte Bruce die nötige Zeit, sich aufzurichten und seinerseits die Spinne zu attackieren. Zunächst aber nur verbal. „Hey Spinne, lass meinen Freund am Leben. Du musst nicht deinem Gott folgen. Sieh mich an, ich folge meinem freien Willen und esse meine Mitinsekten nicht. Auch wenn das mein Gott von mir verlangt!"

Die Spinne beachtete Bruce` Gesülze kaum und kletterte munter wieder in die perfide Todesfalle, bereit seine Mahlzeit zu verspeisen. Baba Schrotti konnte durch seine Gesangseinlage zwar seine Fesseln etwas lockern, aber fliehen konnte er deswegen immer noch nicht. „Jetzt wäre es an der Zeit, brachiale Gewalt anzuwenden! Findest du nicht?", rief der Marienkäfer der Fangschrecke zu. Aber Bruce wusste instinktiv, dass er das Netz nicht berühren durfte. Ansonsten würde es ihm genauso ergehen, wie seinem Freund. Außerdem konnte er die Spinne sowieso nicht mehr einholen, was Baba Schrottis Überlebenschance ziemlich schmälerte. Aber da kam Bruce eine Idee, die jedoch viel mehr wie eine Verzweiflungstat daherkam. Wie auch immer.

Er schleuderte das allmächtige Sandkorn, welches er in weiser Voraussicht mit sich geführt hatte und Zauberkräfte um seinen kleinen Kumpel entfachte, direkt auf die offene Gehirnhälfte. Doch seine Kraft reichte nicht aus. Leider traf er nur die fette Spinne, die dadurch zwar kurzzeitig den Halt mit einem ihrer vorderen Spinnenbeine verlor, aber das Unvermeidliche nicht mal eine Sekunde hinauszuziehen vermochte. Das Sondkorn prallte jedoch in hohem Bogen an der fetten Spinne ab, über ihren Kopf hinweg und landete eine Etage höher direkt in der offenliegenden Gehirnhälfte von Baba Schrotti. Bruce, der das Körnchen nicht aus seinen Augen verloren hatte, drehte angewidert seinen Körper von der mörderischen Szene weg. Denn nicht nur, dass das Sandkorn bei der Landung in Baba Schrottis Gehirn ein wenig gesundes zermatschendes Geräusch hinterließ, wetzten nun auch die messerscharfen Klauen der Spinne an seinem Kopf. Gottes Wille sollte sich heute wohl noch ein weiteres Mal durchsetzen.

Kapitel 6 – Kung-Fu-
Marienkäfer

Bruce, der noch immer gezeichnet von der Brutalität der Natur war und kaum ertragen konnte, was seine Mutter ihrem Vater vor wenigen Augenblicken Schreckliches angetan hatte, erlebte nun mit, wie sein einziger und bester Freund vor seinen Augen aufgefressen wurde. Und er stand, wie zuvor auch, einfach nur machtlos davor. Ein weiteres Mal konnte er dabei seinen Blick allerdings nicht auf die herzlosen Szenen richten. Das würde er nie und nimmer verkraften. Stattdessen drehte er resigniert um und setzte, am ganzen Leib zitternd, einen Schritt vor den anderen, zwang sich, nicht doch einen Blick zu risikieren, um den Schauplatz des Todes so schnell es ihm möglich war hinter sich zu lassen. Wie gelähmt zog er von Dannen, in der Gewissheit, nichts mehr für seinen Freund tun zu können.

Plötzlich aber hörte Bruce den Marienkäfer so laut aufschreien, dass er gar nicht anders konnte, als den tobenden Energien aufmerksam zu folgen. Und was er dann zu sehen bekam, konnte er nicht recht fassen. Der Marienkäfer spannte seine (nicht vorhandenen) Schultermuskeln derart an, dass er den Kokon mit einem Ruck in der Mitte zerriss. Ein mächtiger Kampfschrei schien ihm dabei übermarienkäferliche Kraft zu geben. Aber nicht genug. Baba Schrotti fuchtelte so schnell mit seinen Armen und Beinen umher, dass die Spinne sich vier bis sechszehn Kung-Fu-Schläge später bewusstlos in ihrem eigenen klebrigen Fangnetz wiederfand, ohne Chance sich daraus zu befreien.

Bruce lief freudig seinem Freund entgegen, der gekonnt mit einem Rückwärtssalto, graziös wie ein Zirkusartist, zu Boden hüpfte. Bei der Rückwärtsdrehung flog jedoch das Sandkorn aus Baba Schrottis offener Gehirnhälfte heraus, woraufhin Bruce seinen Freund bewusstlos auffing (und nicht nur das, er schob sich zudem das Körnchen in die linke Klaue und versteckte ihn dort. Wer wusste schon, für was dieses noch gut war).

Bruce legte Baba Schrotti sachte auf ein herabgefallenes Buchenblatt ab und setzte sich neben ihn. Stundenlang betrachtete er seinen schlafenden Kumpel und den Klumpen Sand in seiner Klaue. Er wich dem Marienkäfer keinen Millimeter von der Seite, jetzt wo er seinen Fressfeinden wie auf dem Präsentierteller lag.

Stunde um Stunde verging, in der Bruce zum Schluss selbst mit dem Einschlafen zu kämpfen hatte. Doch noch ehe er sich ins Land der Träume gesellte, erwachte die garstige Spinne aus ihrem Knock-Out. Ihre acht Augen (sechs davon waren blau geschlagen) zwinkerten abwechselnd, bevor sie anfing zu sprechen: „He, du da! Männliche Gottesanbeterin!", raunte sie. Doch Bruce war nicht nach einer Konversation. Gelangweilt und mit einem Gähnen legte er seinen mächtigen Schädel auf Baba Schrottis Bauch ab und versuchte ebenfalls eine Mütze voll Schlaf abzubekommen. Aber die Spinne trällerte einfach weiter, obwohl sie durchaus die Absichten der Fangschrecke kannte. „Was zum Henker ist eigentlich los mit dir? Warum verteidigst du diese Mahlzeit?" Bruce antwortete ihm halb weggetreten: „Ich bin ein Esanbeter... (gähn)... einer von der guten Sorte... (er knickte kurz weg, um dann einen lauten Schnarchton von sich zu geben)... Ich hasse Gott!"

Die Spinne verstand kein einziges Wort und überhaupt kam ihm die Fangschrecke doch sehr ominös vor. Noch nie zuvor hatte er von einem Insekt mit dem Namen „Esanbeter" gehört und einer Fangschrecke, die das Leben ihrer eigenen Mahlzeit rettet und mit ihr kuschelt – tja, das war auch für die Spinne zu viel.

„Bist du zurückgeblieben oder einfach nur ein Idiot? Du solltest eigentlich eine allesvernichtende Bestie sein, so wie ich. Was ist los mit dir?", wollte die Spinne von Bruce wissen. Als die Fangschrecke den Vergleich mit der Bestie vernahm, war sie wieder hellwach.

„Hör mal Spinne. Das ist etwas, dass du nicht verstehen wirst. Ich muss keine Bestie sein und du mein lieber Achtfüßler, eigentlich auch nicht." Die Spinne lachte hämisch und bekam sich kaum mehr ein. „So viel Unsinn habe ich ja schon lange nicht mehr gehört. Und glaube mir, ich muss mir viel Schwachsinn anhören, besonders, wenn meine Mahlzeiten nach einem Giftbiss von mir im Fieberwahn sprechen. Aber so viel geistigen Dünnschiss ohne Gift in den Adern, das ist echt die Höhe." Die Spinne strampelte mit ihren langen, ekelhaften Beinen und versuchte sich vom klebrigen Faden ihres eigenen Werkes zu befreien. Ohne Erfolg.

„Du hast ja keine Ahnung. Klar, Dank Gott müsste ich diesen Marienkäfer verspeisen, ich weiß. Wenn ich meiner Natur folge, müsste meine Wenigkeit genauso bestialisch sein wie du, d. h. eine Fressmaschine ohne Willen. Was sogar dazu führt, dass ich irgendwann meine Verwandten auffresse oder von ihnen aufgefressen werde. So wie meine Mutter dieses abscheuliche Verbrechen an meinem Vater verübt hat. Sie hat ihn verspeist. Ratzefatz weggeputzt, bis nichts mehr von ihm übrig blieb. Und so will ich nicht enden und so will ich nicht sein!"

Schon wieder musste die Spinne loslachen. „Du armer Tor. Ich bin eine schwarze Witwe. Und selbst ich habe meinen Mann aufgefressen." Bruce erhob sich und schrie die Spinne an: „Wieso hast du das gemacht? Hast du kein Gewissen, oder ein Fünkchen Liebe in dir?"

„Liebe? Was soll das sein? Ach ja, ich hörte einst von den Trollen über die Liebe sprechen. Ich glaube das ist ein Werk von Hollywood und hat nichts mit dem wahren Leben zu tun. Du denkst zu viel. Gib dich einfach deiner Natur hin und erfülle, wozu du geschaffen wurdest. Mein Mann hat genau gewusst, dass ich ihn eines Tages nach dem Akt auffressen würde. Ich habe ihn immer wieder eindringlich gewarnt, auch nochmal, als er um meinen Fuß anhielt. Er, der Oberschlaue wollte ja nicht hören. Er war einfach nur darauf bedacht, sich mit mir zu paaren. Ein normales Gespräch mit ihm war zu diesem Zeitpunkt gar nicht mehr möglich. Er trug diesen irren Blick in seinem Gesicht. Einer von diesen, die mir sagten, er will nur das Eine. Da halfen alle Wachrüttelungsversuche nichts.

Ich hatte ihn wirklich gern, musst du wissen. Ich wollte ihn nicht auffressen, daher wollte ich mich auch nicht mit ihm paaren. Aber letztlich habe ich mich seinen Schmeicheleien hingegeben. Er hatte es irgendwie geschafft, mir den selben irren Blick ins Gesicht zu zaubern. Dann kam das eine zum anderen und wir landeten gemeinsam im Netz. Aber schon während unserer Vereinigung überkam mich das Gefühl des Hungers. Und noch während er mich besamte und sein irrer Blick noch irrer wurde, biss ich ihm die Rübe ab. Ohne lange zu überlegen. Schnipp Schnapp, Rübe ab. Ich hatte noch nie eine bessere Mahlzeit, er schmeckte fantastisch und ich war hoch befriedigt. Du siehst, er hat genau gewusst, worauf er sich mit mir einließ. So läuft das schon seit Jahrtausenden. Er wusste es, ich wusste es, zum Teufel, die ganze Welt wusste es. Ich habe kein schlechtes Gewissen. Er hat mir geschmeckt, ich habe seine Kinder geboren. So läuft das nun mal."

Bruce Mimik (die er naturbedingt nicht verändern konnte), verwandelte sich von Abscheu in pure Wut. Seine Augen zuckten und er konnte sich kaum mehr zurückhalten. „Du Monster! Nimmst deinen Kindern den Vater und rühmst dich auch noch damit, wie gut er dir gemundet hat. Was bist du nur für ein krankes Wesen!" Die Spinne grinste: „Ach, Väter werden überbewertet. Ich hatte auch keinen und bin groß geworden. Und wenn du geschlechtsreif wirst, wirst du derselbe Sexzombie werden, wie dein Vater und mein Ehemann. Du wirst dich paaren wollen und alle Warnungen vergessen. Und dann mein Freund, wirst du genauso im Magensaft deiner Frau landen, wie alle deine männlichen Artgenossen. Oh, ich vergaß, ich weiß es nicht wie es bei „Esanbetern" ist, aber ich weiß, wie es bei männlichen Gottesanbeterinnen läuft –

genau wie bei den männlichen Schwarzen Witwen. Muahahaha."

So viel Grausamkeit konnte Bruce nicht ertragen. Er packte das Buchenblatt, auf dem noch immer Baba Schrotti friedlich vor sich hin schlummerte und zog es, den Ort verlassend, hinter sich her. Die Spinne jedoch klagte, er solle sie befreien, ansonsten würde sie qualvoll sterben. Das einzige, was Bruce darauf antwortete bevor er mit seinem Freund für immer im Dickicht verschwand war: „Durch deinen Tod beschütze ich Leben. Eine Bestie weniger!"

Aber da konnte er noch nicht ahnen, dass ein spezieller Umstand ihn bald selbst zur größten Bedrohung seines besten und einzigen Freundes machen würde.

Kapitel 7 – Neben der Spur

Bruce zog anfangs noch mit tausend Gedanken in seinem Schädel durch die unbarmherzige Wildnis, bis er nur noch lethargisch einen Fuß vor den anderen setzte. Eine Weile schienen ihm weder entgegenkommende Insekten, noch die ab und zu auftauchenden Trolle, zu interessieren. Das Einzige, womit sich Bruce beschäftigte, war die Herkulesaufgabe, Baba Schrotti hinter sich herzuziehen, auf der Suche nach einem geeigneten Platz zum Ausruhen.

Das Buchenblatt durch die dicht besiedelten Grashalme zu ziehen, durch sumpfähnliche Untergründe zu manövrieren oder dicke Wurzelgeflechte zu umgehen, verlangte der kleinen Fangschrecke alles ab. Seine Kräfte schwanden allmählich. Seit seiner Geburt hatte er praktisch nichts gegessen, wenn man mal von dem Bissen Marienkäfer-Schädeldecke in getunkter Gehirnmasse absieht, die freilich nicht viel hermachte. Und so folgte Bruce dem schmerzenden Geräusch eines hungrigen Fleischfressers auf Schritt und Tritt. Es war eigentlich nur noch eine Frage der Zeit, bis(s) Bruce über seinen kleinen Freund herfiel und ihn mit Haut und Haaren vertilgte. Denn der Hunger, dieses unleidige Ding, würde ihn ebenfalls in eine willenlose Fressmaschine verwandeln, egal wie willig er auch war, nicht in den Zustand einer Bestie zu verfallen. Aber gegen die Natur, gegen die Vorsehung Gottes, musste sich selbst der stärkste Wille früher oder später beugen. Der Selbsterhaltungstrieb, das Verlangen zu Leben und sein Leben über das der anderen Lebewesen zu stellen, würde schon bald von ihm Besitz ergreifen, soviel stand fest. Die Überlebenschancen für Baba Schrotti, der noch immer im Koma lag und, so wie er auf dem saftigen Buchenblatt lag, mehr wie köstliches Fastfood aussah (Bruce müsste im Grunde einfach nur noch reinbeißen), würde durchaus bald die Fressreize seines Retters anregen.

Das fahle Mondlicht leuchtete Bruce den Weg zu einem kleinen Hügel, wo sich silhouettenhaft ein großer Baum abzeichnete, der für das Nachtlager ein geeigneter Ort schien. Mit letzter Kraft erreichte die kleine Fangschrecke den Ort, um sich niederzulegen und neue Kraft zu tanken. Aber es dauerte nicht lange und das Getrampel hunderter Insektenfüßchen kündigte sich im Mantel der Dunkelheit an. Zahlreiche, gleichaussehende Insekten, die sich dort senkrecht in Reih und Glied auf dem Baum tummelten, wetzten furchteinflößend ihre mächtigen Kieferwerkzeuge, als sie Zeugen der Eindringlinge wurden. In Gruppen geschlossen, traten einige von ihnen aus der Kolonne, rannten an der Rinde herab, um die Fangschrecke und den Marienkäfer zu attackieren.

„Halt Ameisen!", rief ein in etwa zweimal so großes, aber in Form und Farbe, bis auf die Flügel, durchaus gleichaussehendes Insekt in militärischem Befehlston, bevor noch Schlimmeres passierte. Es musste einen höheren Rang innehaben, weil die Klon-Armee augenblicklich still stand. „Vorerst nur gefangen nehmen, bis wir die Pläne des Feindes herausgefoltert haben." Seine Untergebenen riefen: „Zu Befehl, Kolonnel!" (Kolonnel deswegen, weil er der Kolonnenführer war, nicht zu verwechseln mit dem „Colonel" einiger Troll-Armeen der dem deutschen Militärrang eines „Oberst" entspricht, was, wie schon geschrieben, nichts damit zu tun hatte).

Bruce spitzte zwar bedenklich seine Ohren, von denen er selbst nicht wusste, wo genau sie sich an ihm befanden (anatomisch korrekt besaßen Fangschrecken nur ein Ohr, was es ihnen unmöglich macht räumlich zu hören und das befand sich auch noch am Bauch; er wusste es aber nicht und hielt sich weiterhin die imaginären Ohren auf Augenhöhe zu wenn er etwas nicht hören wollte und fragte nicht danach, warum er es trotzdem mitbekam), aber er war viel zu erschöpft, um sich zu wehren und angesichts dieser Armada an Streitkräften hätte er sowieso nicht den Hauch einer Chance gehabt. So ließ er sich von den Insekten überwältigen, die ihn und Baba Schrotti in einen Unterbau abtransportierten.

Während Bruce und sein schlafender Gefährte auf einer Welle von Insektenrücken in deren Unterstand gebracht wurden (Baba Schrotti träumte in diesem Moment, dass er nach einem seiner Auftritte als Super-Star-Tenor von seinen Fans auf Händen getragen wurde – ein klassischer Stage-Dive also), wurde der Schmerz in Bruce Magengegend immer größer. Er wusste haargenau, dass der Hunger an ihm nagte und er bald dazu gezwungen war, jemanden zu fressen. Die Fangschrecke blickte mit getrübten Augen auf Baba Schrotti, der wenige Zentimeter hinter ihm das gleiche Schicksal erfuhr wie er. Noch nie zuvor machte der Marienkäfer jedoch einen appetitlicheren Eindruck auf ihn. Aber nicht nur er sah so schmackhaft aus, sondern auch die sechsfüßigen Burschen, die ihn und seinen Freund gegen ihren Willen festhielten. Bruce warf alle Willenskraft gegen seinen Hunger auf, um mit selbstmotivierenden Gedanken dagegen anzukämpfen.

Einige Augenblicke später warfen die Insekten beide rücksichtlos in eine unterirdische Kammer. Zuvor hatten sie aber Bruce` Hände und Füße mit einem klebrigen Tropfen eines übelriechenden Sekrets verknotet (es handelte sich um eine Tube Uhu Alleskleber), sodass er sich nicht wehren konnte. Doch angesichts des erschöpften körperlichen Zustands, wäre das gar nicht nötig gewesen. Von dem Marienkäfer schienen sie nichts zu befürchten, was aber nicht hieß, dass sie ihn mit Samtpfoten anfassten.

Das Mondlicht fiel Bruce so unglücklich ins Gesicht, dass er seine Peiniger nicht erkennen konnte, als mindestens zwei Ameisen, die dem Anschein nach dem Armeekorps angehörten, wutschnaubend den Raum betraten. „Die Gefangen, Herr General!" (General deswegen, weil er wirklich der General der Armee war, also sozusagen der oberste Heeresführer.) „Gut Kolonnel. Wo haben sie dieses heruntergekommene Subjekte gefangen genommen?", wollte der General wissen. „Sir, er befand sich gerade südlich unserer Baumtruppen. Der Marienkäfer scheint wohl Proviant für die Fangschrecke zu sein. Entweder wollte uns die Fangschrecke auskundschaften oder aber in den Rücken fallen. Angesichts ihrer erbärmlichen körperlichen Verfassung und der Unterzahl, sozusagen als einzige Bestie weit und breit, denke ich, dass sie als Kundschafter unserer Feinde unterwegs war, um unsere Truppenbewegungen zu studieren.", mutmaßte der Kolonnel. „Sehr gut, Kolonnel. Dann können wir ja mit der Folter beginnen, um kriegswichtige Informationen zu erhalten."

Bruce ahnte nichts Gutes, als der große Schatten des Insekts auf ihn zukam. Ein mächtiger Tritt in seine Magengegend ließ ihn wie ein abgesägter Baum umfallen. Bruce krümmte sich vor Schmerzen.

„Wie lautet dein Auftrag? Sprich du widerwärtiges Konstrukt der Natur!", schrie das Insekt, dessen Tritt er zu verdanken hatte. Mit trockenem Mund und einem Zittern in der Stimme antwortete ihnen die kleine Fangschrecke. „Auftrag?" Der General klopfte ungeduldig mit seinen Füßen. „Stell dich nicht dümmer als du bist!", fauchte die Stimme des Kolonnels. „Ich und mein Freund wollten doch nur an dem Baum ausruhen!" „Du und dein Freund?", wurde der Kolonnel hellhörig. „Sofort einen Suchtrupp zusammenstellen und seinen Komplizen dingfest machen!", befahl der General luftschnappend. „Ihr habt doch schon meinen Freund gefangen genommen.", meinte Bruce und nickte mit seinem Kopf in Richtung des Marienkäfers.

Die beiden Ameisen mussten lauthals zu lachen anfangen. „Das soll dein Freund sein?", grinste der Kolonnel unter Tränen. „Ein Marienkäfer?", weinte der General total amüsiert über so viel Humor. Bruce verstand die Welt nicht mehr. „Ja. Dieser Marienkäfer ist mein Freund. Wo liegt das Problem?" Die Ameisen bekamen sich nicht mehr ein und klopften sich auf zwei von vier Oberschenkeln. „Wo liegt das Problem, fragt er?", lachte der General. „Das halt ich ja nicht aus!", rief der Kolonnel und umarmte seinen Chef. Der General hingegen fand diese Geste seines Untergebenen gar nicht so witzig. Er fing sich wieder und schrie ihn an: „Kolonnel, so nehmen sie doch Haltung an!" „Jawohl! Mein Herr! Entschuldigung."

Die Ameisen betrachteten akribisch den Marienkäfer und bemerkten die klaffende Wunde an dessen Kopf. „So so. Ein Freund. Und die Welt ist eine Scheibe! Sag mal, wen willst du hier eigentlich verarschen?", grunzte der General. „Mein Herr, der Marienkäfer … er lebt. Trotz seiner freiliegenden Gehirnhälfte und dem halbseitig zermatschten Gesicht." Der oberste Heeresführer bestand auf ein Blatt mit Wasser, das sie dem Marienkäfer überschütten konnten, um ihn aus seinem Dämmerzustand zu befreien. Und so geschah es auch.

„Ka-a-a-a-lt!", sang Baba Schrotti ganz Tenor, in dem Moment, als er erwachte. Während er sich langsam bewusst wurde, wo er gelandet war, versuchte er panisch davon zu rennen, scheiterte aber an der Faust des Kolonnels, die ihn zurück auf den Boden donnerte. „So Marienkäfer. Heraus mit der Sprache. Diese Fangschrecke behauptet, ich muss mich fast schon dafür entschuldigen…, dass er dein Freund ist. Stimmt das?"

Zunächst renkte sich der Marienkäfer die intakte Hälfte seiner Kiefers wieder ein, bevor er etwas sagte. Angesichts der prekären Lage - Baba Schrotti analysierte die Umstände genau und wusste, dass er ebenso auf der Menüliste der Ameisen stand, er sich also gerade in absoluter Lebensgefahr befand - beantwortete er die Frage wahrheitsgemäß, auch in der Hoffnung, dass ein so mächtiger Verbündeter wie Bruce, eine abSCHRECKEnde Wirkung auf sie hatte (er ahnte ja nicht, dass sie bereits als Geiseln festgehalten wurden). „Ja so ist es. Bruce und ich sind beste Freunde. Eine schwarze Witwe wollte mich verspeisen und da hat er… (Baba konnte sich an keine Details mehr erinnern)… mich gerettet (wenn er wüsste, wie er als Kung-Fu-Marienkäfer das Chi durch seine schlagenden Füßchen zum Ausdruck brachte und der Spinne eine ordentliche Tracht Prügel verpasste, er hätte sich das Sandkorn schnellstens wieder in sein Gehirn gewünscht). Sonst wäre ich jetzt sicherlich tot." Die Ameisen sahen sich verwundert an. „Dieses Raubtier dein Freund? Niemand kann seiner Natur entfliehen. Sicher, dass es so gewesen ist?", fragten sie kopfkratzend den etwas eingeschüchterten Baba Schrotti, der jetzt erst erkannte, dass Bruce` Klauen gefesselt waren. „So und nicht anders. Aber was wollt ihr eigentlich von uns?", fragte der Marienkäfer etwas verblüfft.

„Nun. Wir befinden uns im ständigen Krieg gegen Aggressoren und Investoren.", meinte der Kolonnel. „Invasoren!", verbesserte der General. „Meine Rede, Herr General. Gottesanbeterinnen wie dieser einer ist, haben schon so manche Ameise vertilgt. Wenn du wirklich die Wahrheit sprichst Marienkäfer, dann muss dieses Exemplar einer Fangschrecke ziemlich neben der Spur sein. Trotzdem stellt sie eine Gefahr unserer Kolonie dar und muss vernichtet werden."

Bruce meldete sich zu Wort. „Ich bin keine Gottesanbeterin. Ich bin ein „Esanbeter", eine neue Spezies, völlig, ich betone, völlig harmlos für andere Lebewesen. Bitte, lasst mich und meinen Freund gehen. Wir kümmern uns nicht um euren Krieg." Die beiden Ameisen setzten ihre Köpfe zusammen und flüsterten: „Hast du jemals etwas von diesen „Esanbetern" gehört?", wunderte sich der General. „Niemals mein Herr. Wahrscheinlich nur eine Masche, um sein schäbiges Leben zu retten. Ich würde vorschlagen, ihn zu töten, um ihn als Nahrung an unsere glorreiche Kolonie zu verfüttern. Den Marienkäfer inbegriffen." „Sehr gut, Kolonnel. Ein Vorschlag ganz nach meinem Geschmack, hehe."

Der General rief zwei grimmige Wachen zu sich, die ihre beiden ungebetenen Gäste harsch anpackten. „Tötet die beiden und dann ab mit ihnen, in die Vorratskammer." Bruce demonstrierte augenblicklich gegen den Beschluss der beiden hochrangigen Armee-Ameisen. „Wir sind unschuldig! Mit welchem Recht nehmt ihr uns unsere Leben?" Fast hätte sich der General an seinem eigenen Speichel verschluckt. Eine ähnliche Frage durch Schallwellen in seinen Gehörgang getragen, hatte er noch nie zuvor vernommen. Und auch sein Kolonnel verstand diese Frage als grobe Provokation, woraufhin er vor die Fangschrecke trat und ihr erst mal einen Hieb in die Magengegend verpasste. „So hört doch auf!", protestierte der Marienkäfer.

„Du hast in dieser Welt wahrlich keine Daseinsberechtigung „Esanbeter"!", knurrte der General und gab ihm einen Einblick, was er von dem Rechtssystem des Kosmos zu erwarten hatte. „Das, mein naives Bürschlein, nennt man das Recht des Stärkeren. Die Natur kennt eben nur ein Gesetz: Fressen oder Gefressen werden. Da gibt es keinen Platz dazwischen und schon gar keinen für Sentimentalitäten. Wer keine schweren Entscheidungen treffen kann, der ist auf diesem Fleckchen Erde fehl am Platz. Und jetzt führt die beiden ab." Bruce war tief erschüttert, aber das Klebemittel ließ ihn ruhig verharren.

Die Wachen waren so stark, dass jeder einen der Gefangenen mit Leichtigkeit zwischen ihre mächtigen Fressklauen festhielt, anhob und durch die engen Gänge bugsierte. Zuerst wurde Baba Schrotti wegtransportiert, dicht gefolgt von der Wache mit der Fangschrecke. Doch der Konvoi kam schnell ins Stottern, bzw. ganz zum Erliegen. Denn Baba Schrotti, der vorher schon nicht gerade als 90-60-90 Model durchging, erlag einer heftigen körperlichen Reaktion, als eine Arbeiterameise, die ihnen im schmalen Korridor entgegenkam, über seinen Körper klettern musste und dabei mit einem Bein eine empfindliche Stelle seiner halboffenen Gehirnhälfte traf. Es musste sich um eine Gehirnregion handeln, die für das Körperwachstum zuständig war. Denn Baba Schrottis Bauch dehnte sich daraufhin nämlich explosionsartig aus. Seine Kopf-Hüfte-Beine-Proportion wies nun folgende Maße auf: 20-9000-10, weshalb er während des Tragevorgangs komplett in dem winzigen Tunnel stecken blieb (Forensiker des FBI, die sich intensiv mit Baba Schrottis Fall beschäftigten, fanden später heraus, weshalb der Marienkäfer so aufgequollen war – die Arbeiter-Ameise, die versehentlich in seine offene Gehirnhälfte trat, als sie sich an ihm vorbeizwängte, hatte zuvor ein Erdnussbutter-

Sandwich in den Bau getragen und so dermaßen mit dem Brotaufstrich gekleckert, dass ihre winzigen Füßchen damit total eingesaut waren. Die Nussspuren auf seinem offenem Gehirn hatten daraufhin eine üble, allergische Reaktion hervorgerufen, infolgedessen der Star-Tenor auf das 4-fache seiner Körpergroße anschwoll). Niemand kam mehr an ihm vorbei.

„So einen fetten Marienkäfer habe ich ja schon lange nicht mehr gesehen.", waren die erstaunlichen Ausrufe einiger Arbeiter, die sich mit offenen Mündern in den Nebenschächten aufhielten und aufmerksam das Treiben verfolgten. Einige korrigierten „Noch nie gesehen!", während sie den Gang um Baba Schrotti mit ihren Kauwerkzeugen versuchten, durch Schaufelbewegungen zu vergrößern, damit wieder etwas Luft um ihn entstand. Der Wächter schob, drückte und zwängte was das Zeug hielt, doch der fette Marienkäfer bewegte sich keinen Millimeter vorwärts. Die offene Schädeldecke wetzte indes an der Tunneldecke hin und her. Bruce hoffte insgeheim, dass in diesen schrecklichen Sekunden (die Wächter-Ameise biss verzweifelt in Babas rechten Hinterhuf, um ihn voranzutreiben) ein Erdklumpen in Baba Schrottis Gehirn landete, ihn ein weiteres Mal in eine unberechenbare Kampfmaschine verwandelte und sie alle, aber insbesondere seinen persönlichen

Peiniger, dermaßen verdrosch, dass sie Zeit ihres Lebens (falls sie diese Schläge überhaupt überlebten) zu Veganern mutierten.

Und tatsächlich, ein winziges Körnchen, ach was sag ich, der ganze Putz fiel von der Decke und fand sich schon bald in der Schaltzentrale des Marienkäfers wieder und sorgte für eine Überraschung, mit der niemand, nicht mal Bruce, aber am allerwenigsten Baba gerechnet hatte.

Kapitel 8 – Eine böse und eine noch bösere Überraschung

Plötzlich fing der Marienkäfer mächtig zu vibrieren an. Die Stöße waren so heftig, dass durch die Wucht sogar die starke Wache, die sich vehement in sein Bein verbissen hatte, zurückgeschleudert wurde und gegen Bruce landete, der knapp hinter ihm noch immer von der zweiten Wache getragen wurde. „Was zum Ameisenbär geschieht hier nur?", wunderten sich die beiden Wächter. Aber nicht nur sie, sondern auch die Arbeiter auf der anderen Seite des Marienkäfers, die sofort mit ihren Ausgrabungsarbeiten stoppten. Die Angst vor dem Unbekannten (Baba sah so aus, als stünde er kurz vor der Detonation) ließ sie den Rückwärtsgang einlegen. Mit langsamen, wohlüberlegten Rückwärtsschritten wichen sie der tödlichen Gefahrenzone, so als ob jede unnötige Erschütterung den Marienkäfer zum Zerbersten bringen würde.

Aufgebracht stürmte plötzlich der Kolonnel heran, der nicht umhin kam, die leidlichen Bemühungsversuche seiner Untertanen mitzubekommen, den Karren, bzw. den fetten Arsch des Marienkäfers aus dem Dreck zu ziehen. Aber bei genauer Betrachtung des Sachverhalts (Baba vibrierte mittlerweile so stark wie ein Presslufthammer) und der spürbaren seismographischen Aktivität (der Tunnel drohte einzustürzen!), die nicht nur im Hin- und Herschwanken seiner Fühler erkennbar war, kam für ihn nur ein Befehl in Frage: „Rückzug Männer!"

In der ganzen Hektik vergaß der Kolonnel seinen General vor der drohenden Gefahr zu warnen, der ungeduldig im Verhörraum auf Nachricht von ihm wartete und sich dachte, was zum Henker da draußen vor sich ging. Der Kolonnel rannte, sich und seinen beiden Wachen dem Wettlauf mit dem Sensenmann stellend, die Bruce nun zu zweit trugen, an dem nichtsahnenden General vorbei, aus dem Gang hinauf zur Erdoberfläche, wo eine böse Überraschung auf sie wartete.

Denn oben angekommen, wo sie sich in Sicherheit wähnten, fielen die drei Ameisen und ihre Beute Bruce überraschenderweise in die Hände ihrer Erzfeinde, den Termiten. Diese hatten während der Abwesenheit der beiden Offiziers-Ameisen (Kolonnel und General) leichtes Spiel mit den Baumrinde-Truppen und rieben sie komplett auf (Ihr kennt ja den Spruch: Schlag der Schlange den Kopf ab und du hast ein neues Sprungseil oder so ähnlich!).

„Ah. Endlich traut sich auch der Kolonnel der illustren Gemeinschaft seiner toten Truppen beizutreten.", spottete eine riesige Kampf-Termite, die nur so von Muskeln überzogen war und in Form und Gestalt ein wenig an einen Bodybilder à la Arnold Schwarzenegger erinnerte (zumindest den Autor, weil Bruce oder die übrigen Insekten diesen Schauspieler sicher nicht kannten, von Pay TV nie etwas gehört hatten und für sie es überhaupt keinen Unterschied machte, wem dieser Koloss von einer Termite ähnlich sah – schließlich hatten sie ganz andere Probleme). Aus seiner Frontaldrüse (einer Öffnung im Kopf, aus der die Termitensoldaten toxisches Sekret versprühen können), tropfte giftige Flüssigkeit auf die Überreste einer Soldatenameise, die nur noch aus einem Kopf und einem Fühler bestand und zwischen seinem scharfen Beißwerkzeug klebte, aber noch zu leben schien.

„Wie schlimm ist es mein Kolonnel?", stöhnte die todgeweihte Ameise mit ihrem letzten Atemzug. Der Kolonnel blickte mitleidig seinen halbtoten Soldaten an, trat vorsichtig zwei Schritte auf ihn zu, weil er großen Respekt vor der Killertermite hatte und wollte seinen dahingerafften Untergebenen gerade beruhigen, als ihn fast ein tödlicher Tropfen des Sekrets unbeabsichtigt traf (die Drüse schien irgendwie undicht zu sein), woraufhin der Kolonnel eine Ausweichrolle einleitete, hart auf den Boden traf und mit einem, mehr oder weniger eleganten Rückwärtssalto (er brach sich dabei seinen Flügel, obwohl dieser völlig knochenfrei war, was ein späteres Röntgenbild eindeutig bewies) vor die Köpfe seiner beiden Wachen zurücksprang und seine Fassung verlor. „Du brauchst dringend einen Klempner, du tropfendes Latrinenloch!"

Die sterbende Ameise, die diese Worte aus gegebener Situation freilich auf sich bezog, entgegnete daraufhin mit letzter Kraft: „Bitte lasst ihn keine Rede auf meiner Beerdigung halten! Das wäre mein letzter Wunsch."

Doch ehe die Offiziersameise das Missverständnis ausräumen konnte, starb der zerfledderte *Held vom Erdbeerfeld* (Kein Fake, so nannten ihn seine Kameraden, weil er einmal bei einem Troll-Picknick auf ein Marmeladen-Sandwich stieß, süchtig darauf wurde und daraufhin nur noch diese Art von Fressalien bevorzugte. Der dauernde Zuckerschock hätte ihn aber ohnehin früher oder später dahingerafft, er erkrankte bereits nach 24 Std. an Diabetes Typ 2, was der Autopsiebericht eindeutig verdeutlichte).

Bruce konnte die immense Brutalität des Kriegs nicht ertragen. Mehrmals versuchte er sich mit seinen Klauen selbst ins Bein zu zwicken, um aus diesem Albtraum zu erwachen (der Tropfen Uhu, der seine Arme zusammenkleben sollte, stellte sich als stinkiges Regenwasser heraus, das sich in der Verschlusskappe des Allesklebers über Wochen gesammelt hatte und anfangs durchaus eine klebrige Konsistenz besaß, aber mittlerweile einfach nur abgetropft war, sodass die Fangschrecke nie und zu keiner Zeit wirklich gefesselt war → **klassischer AMEISENFAIL**). Doch er scheiterte an seiner Ungelenkigkeit und einem plötzlich auftretenden schmerzhaften Krampf in einer der Klauen, die er deswegen nicht mehr zuschnappen konnte, weil er sie dehnen musste, um den Schmerz erträglicher für ihn zu machen. Stattdessen schweifte er nun mit seinem Blick über das Schlachtfeld. Überall lagen tote Ameisen herum, viele in der Mitte durchtrennt oder durch eine ätzende Flüssigkeit aufgelöst. Zwar traf es auch einige Termiten, aber der überwiegende Großteil, der über das ganze Schlachtfeld verstreut tot oder schwerstverletzt umherlag, waren Bewohner der Ameisenkolonie. „Was für eine grausame Welt.", dachte sich Bruce.

„Nun, wo befindet sich euer General, Kolonnel? Versteckt er sich hinter dem wabbeligen Fettarsch eurer Königin?", lachte die Killer-Termite diabolisch und spuckte die sterblichen Überreste der Ameise respektlos auf den Boden. Die Offiziersameise machte nicht den Eindruck, als ob ihn die Beleidigung der Termite auch nur im Geringsten kümmerte (innerlich hingegen zerbrach der Kolonnel beinahe an der Pietätlosigkeit im

Umgang mit seinen toten Kameraden, kratzte schließlich alles was an Stolz noch in ihm war zusammen und versuchte sich nichts anmerken zu lassen), da schob die Termite noch einen weiteren provokativen Satz nach: „Ekelhaft, wie du dich von diesem Soldaten verabschiedet hast. Kein Wunder, dass eure Kolonie so schwach ist. Da kann es ja keinen Zusammenhalt geben." Doch bevor der Kolonnel ihm entschieden entgegentreten konnte, unterbrach eine weitere Soldaten-Termite die Konversation, die im direkten Vergleich nicht ansatzweise so stark war wie das Prachtexemplar, welches vor den drei Ameisen und Bruce stand und auch ohne Freuds Psychoanalyse Einblicke in sein übertriebenes Machogehabe preisgab.

„General Termi-Nator, der Haupteingang des Ameisenbaus... er bröckelt. Gesteinsbrocken versperren uns bald den Weg." Der Termi-Nator packte daraufhin seinen Soldaten an der Gurgel und schmiss ihn in einen Haufen toter Ameisenkörper. „Was behelligst du mich mit derlei Belanglosigkeiten. Schickt einen Trupp unserer besten Soldaten in den Bau und bringt mir den General, tot. Und kommt mir ja nicht ohne die sterblichen Überreste der Königin zurück. Los los los!"

30 gut ausgebildete Eliteeinheiten der Truppengattung Mineure liefen in den bebenden

Korridor, wo ihnen bereits die ersten gröberen Sandkörner um die Köpfe wehten und sie vor Staub kaum mehr etwas erkennen konnten. Trotzdem drangen sie immer tiefer in den Bau, an den in nun von Sandmolekülen verstecken Verhörraum (wo sich der General, noch immer nicht im Bilde befindlich, heimlich eine kubanische Zigarre gönnte, jetzt da er alleine war. Denn seit dem 1. des neuen Jahres trat ein neues Ameisengesetzt in Kraft, das Rauchen im Ameisenhügel wegen der zu hohen Brandgefahr verbot) und an unzähligen Nebengängen vorbei, bis sie allesamt gegen den Hinterleib des überdimensionalen Marienkäfers rannten, den sie vor lauter Staub kaum wahrnehmen konnten. Dieser undursichtige Nebel erfüllte den ganzen Raum (ähnlich, wie Baba Schrottis Hinterteil), sodass eine Massenkarambolage die Folge war, die eine noch bösere Überraschung nach sich zog, als es sich ein H. P. Lovecraft je hätte ausdenken können (deswegen auch der Kapitelname!).

Durch die enormen physikalischen Kräfte, die nun auf den mächtigen Hintern des Marienkäfers wirkten, schossen aus seinen Drüsen, die sich zwischen Ober- und Unterschenkel befinden, reflexartig gelbe Tropfen links und rechts an die Wände (im Grunde hatte er sich nur auf seine eigene Art eingenässt). Dieses sogenannte Wehrsekret des

Marienkäfers stank bis zum Himmel und wirkte überdies toxisch auf so manches Insekt, das damit in Berührung kam. Insgesamt bildete es aber in Babas verzwickter Lage eine fette Schmierschicht, auf der er nun wie eine Rakete beschleunigte und durch die Weiten des Korridors flitzte, in dem zum Glück keine weiteren Ameisen zu Schaden kamen, weil sie das Gelände in weiser Voraussicht weiträumig gesperrt hatten.

Noch ehe die Termiten erahnen konnten, was sie da überhaupt ausgelöst hatten, kam ihnen auch schon wieder Baba Schrotti im Affenzahn entgegen gesaust (der Gang verlief nämlich in eine Sackgasse, die glücklicherweise in die Vorratskammer des Ameisenhügels mündete, wo der Körper des Star-Tenors durch eine abgerundete Innenwand umgelenkt und wieder nach draußen geschleudert wurde). Ein ungebremster Frontalzusammenstoß war nun unausweichlich. Baba dachte an sein Horoskop für den heutigen Tag, während sein Körper immerfort beschleunigt wurde. Darin hieß es heute Morgen:

„Multiple Persönlichkeiten werden ihnen nachgesagt. Machen sie sich nichts daraus, sie werden heute abgehen wie eine Rakete.", stand dort.

„Wäre ich heute doch liegengeblieben.", war der letzte Gedanke des Marienkäfers, bevor das Unvermeidliche passierte.

KRACHWUMM! Alle 30 Termiten schossen zusammen mit dem Marienkäfer zurück zur Erdoberfläche. Die letzten in der Reihe flogen im hohen Bogen über den Kopf ihres Generals durch die Luft und verteilten sich explosionsartig über das Schlachtfeld, während diejenigen, die Baba am nächsten standen wie Cruise Missile kontinuierlich an Auftrieb gewannen (die NASA hatte, nachdem sie mit dem Hubble-Teleskop auf den Vorfall aufmerksam wurden, ausgerechnet, dass die Schubkraft des Marienkäfers ähnlich hoch gewesen sein musste, wie die Rakete der ersten bemannten Mondmission von Apollo 11 im Jahre 1969, was unweigerlich zu der Schlussfolgerung führte, dass dieser Crash für alle Beteiligten höllische Schmerzen nach sich zog - 29 der Termitensoldaten wurden allein durch die Wucht des Aufpralls so schwer verletzt, dass ihre einzige Funktion nur noch darin bestand, die Karrieren der Lazarettärzte anzukurbeln, die in zahllosen späteren Not-Operationen verzweifelt versuchten deren winzige Ärsche zu retten). Um einen Einblick in die teuflische Verkettung von Fehlentscheidungen zu geben, darf nicht unerwähnt bleiben, dass manch verkrüppelte Ameise, die auf dem Schlachtfeld lag und verzweifelt nach ihrer Mutter rief, erst jetzt durch die enormen Aufprallkräfte der herabregnenden Termiten starben.

Aufgrund der überraschenden Verluste war der Termitengeneral außer sich vor Wut und nicht mehr zurückzuhalten. Blitzschnell schnappte er sich den fluggelähmten Kolonnel und schnaubte: „Ich werde diesen hinterhältigen Angriff auf meine Elitesoldaten nicht hinnehmen. Und ich habe da so meine Methoden wie man ein wirkungsvolles Exempel statuiert!" Der Termi-Nator öffnete seine scharfen Fressklauen und kam seiner Geißel gefährlich nah.

Nur noch wenige Millimeter trennten die Über-Termite von seinem festen Entschluss, den Kopf des Kolonnels mit einem Schnipp vom Körper zu lösen.

Kapitel 9 – Wir sehen uns im Himmel wieder

Ein lauter Knall erzitterte die Erde, kurz nachdem Baba Schrotti die Eingangspassage des Ameisenhügels passiert hatte. Der Physik trotzend, gewann er kontinuierlich an Höhe und Geschwindigkeit und das trotz seiner körperlichen Erscheinung. Fett, fetter, Baba Schrotti konnte man ihm gegenwärtig zurufen und damit sogar noch untertreiben. Ähnlich den pixeligen Blöcken aus Minecraft, dürfte er eigentlich nicht mehr den Gesetzen der Aerodynamik folgen. Doch was kümmerte es seiner angeschwollenen offenliegenden Gehirnhälfte? Er durchbrach mit Leichtigkeit die Schallmauer, was bei der herrschenden Lufttemperatur, zu dem Zeitpunkt des Austretens aus dem Ameisenhügel, in etwa eine Geschwindigkeit von 1225,94 km/h entsprach (Junge flog der, mein lieber Scholli ui ui ui ui ui!). Die übrigen Termiten hielten sich in der irrigen Annahme, der Marienkäfer könnte ja ein seichtes Landemanöver fliegen und so ihre Leben retten, an dem Geschoss fest. Aber es dauerte nur wenige Zehntelsekunden und ihre winzigen Ärmchen lösten sich aufgrund des hohen Luftwiderstands von ihren Körpern und sie prasselten wie überdimensionale

Regentropfen auf die Erde hinab und begruben dabei einige ihrer eigenen Kameraden unter sich. Und das alles, während sich Baba Schrotti, ungeachtet seiner Flugangst, ungebremst auf den Weg in die Erdumlaufbahn machte, in eine Höhe, wo sich auch einige ältere Modelle von Kommunikationssatelliten der Telekom befanden.

Erschrocken durch die massive Lärmbelästigung die das eine oder andere Trommelfell in Mitleidenschaft zog und dem zweiten, unerwarteten Artilleriebeschuss durch die armlosen Körper seiner eigenen Soldaten, ließ der Termi-Nator von dem Kolonnel ab, warf ihn in den Dreck und hielt sich seine Pfoten schützend über seinen eigenen Kopf (was angesichts der kümmerlichen Beinchen und die mit sich bringende Gelenklosigkeit so eigentlich nicht möglich war; er es aber trotz der anatomischen Unmöglichkeit versuchte - sei`s drum).

„Was war das?", schrie der Termiten-Obermacker. Einige seiner Soldaten, die etwas abseits standen und den Termitenhagel unverletzt überstanden, fingen an zu mutmaßen.

„War es ein Felsbrocken?", riefen die einen verwundert. „War es ein Kackbällchen?", wunderten sich die anderen, die *Pepo die Schmeißfliege* (Band 1 über Amazon oder Buchhandel bestellbar) und ihre rühmliche Heldengeschichte sehr wohl kannten und daher haargenau wussten, wozu ein Kackbällchen in der Lage war. Doch im Leben gibt es immer einen, der noch einen draufsetzte. Warum sollte das unter Termiten anderes sein? „War es ein vom Militär in Auftrag gegebenes und von perfiden und ehrlosen Ameisenwissenschaftlern geschaffenes Experiment zur Erforschung von genmanipulierten Supersoldaten, in dem Fall eines Marienkäfers mit halber Gesichtshälfte, das außer Kontrolle geraten ist und ein Monster zur Folge hatte, das sich selbst nicht mehr beherrschen kann analog zu den Superkräften von Bruce Banner alias der Hulk?"

Nach dieser Vermutung einer Soldatentermite wurde es so ruhig, dass man nicht einmal mehr die wehklagen der verletzten Termiten und Ameisen hören konnte, ja nicht einmal die weit entfernten Zikaden zirpen. Alle Blicke der Termiten-Soldaten, auch die von den verstümmelten, richteten sich augenzuckend nun auf die eine Termite, die es wagte diese unsägliche Behauptung aufzustellen. Von nun an mieden sie ihren kuriosen Kameraden, als trüge er die Pest im Gesicht, weshalb alle einen großen Bogen um ihn machten und so die Termite an den Rand ihrer Zivilisation drängte. Völlig isoliert stand sie nun da und wusste, dass sie nicht mehr mit dem Schutz ihres Clans rechnen konnte. Das Getuschel seiner Kameraden war groß und überdies sehr klar verständlich. „Wie um Himmels willen kann man nur so einen Unsinn verzapfen.", beschwerten sie sich untereinander und schüttelten ihre bizarren Köpfe.

„Euer ausgestoßener Kamerad hatte fast Recht!", schrie Bruce dazwischen, der zweifellos einen winzigen roten Punkt am dunklen Horizont ausmachte. Babas kurzes Intermezzo mit dem Universum endete nämlich schon wieder und er befand sich mit wahnsinniger Geschwindigkeit auf direktem Kollisionskurs mit dem Termi-Nator. Sein feuerroter Schweif erhellte 0,000001 Prozent des sichtbaren Nachthimmels und erinnerte an einen Meteor, der in der Erdatmosphäre verglühte, oder an ein Lichtspektakel, wie es Insekten normalerweise nur zu Sylvester zu sehen bekamen (glücklicherweise erfasste das Radar der NASA diese für Termiten und Ameisen gleichermaßen spektakuläre Szene nicht, obwohl sie wie jede Nacht gespannt ihre Köpfe in den Nachthimmel reckten, sonst hätte es wahrscheinlich einen Aufschrei in der Troll-Gesellschaft gegeben und Verschwörungstheoretikern für allerlei Obskurem neuen Nährboden geliefert).

„Es ist mein Freund, Baba Schrotti, der Star-Tenor!", freute sich Bruce. Während er in die Luft deutete, um die Generaltermite abzulenken, die ihn und die anderen fest im Blick hatte, schnappte er sich den angeschlagenen Kolonnel und zog ihn schnell in einen der offenstehenden Stollen des Ameisenhügels. Die beiden Ameisenwachen verschwanden ebenfalls dicht gefolgt darin, um dem bevorstehenden Inferno zu entgehen.

Termi-Nator blickte indes mit hochgestrecktem Kopf seinem sicheren Ende in Form des mächtigen Star-Tenor-Kolosses entgegen, der nicht ernsthaft versucht hatte, seine Flugbahn zu korrigieren. Die Kollision zwischen dem „Marienkäfer-Asteroid" und dem Termi-Nator endete in einer überwältigenden Explosion, welche den Körper des bulligen Termitengenerals förmlich pulverisierte. Eine heftige Druckwelle entlud sich nach dem Einschlag über den Planeten und riss alles mit sich, was nicht niet- und nagelfest war. Tote Ameisen- und Termitenkörper sowie die ganzen Unverletzten wehten durch die Lüfte. Niemand hatte eine ernsthafte Chance, sich irgendwo festzuhalten. Denn auch die Grashalme und die Äste knickten um und wirbelten im aufgewühlten Dreck davon (zugegeben, nur in einem Radius von etwa 19,73 Zentimetern, was bei den Geologen und deren seismographischen Messstationen zwar keine nennenswerte Notiz fand, aber im Insektenkosmos die gleichen verheerenden Auswirkungen auf Leben und Tod hatte, wie wenn Kindertrolle am selben Ort vier kubische Kanonenschläge, zwei Knallfrösche und eine Wunderkerze gezündet hätten).

Der aufgewühlte Staub verdeckte lange Zeit die Sicht auf und um den Einschlagsort. Bruce lief dennoch voller Sorge um den Marienkäfer aus dem Ameisenhügel, seine Fangarme vor seinen Mund haltend, damit er nicht zu viel Dreck einatmete (was ihm jedoch nicht gelang, weil er ja keine Finger, geschweige denn Hände besaß). Der Ameisen-Kolonnel wollte ihn allerdings verbal daran hindern, auf das Schlachtfeld hinauszulaufen, denn dort würde, wenn überhaupt, nur der Tod auf ihn lauern. Bruce jedoch, ignorierte ihn komplett. Seine Worte motivierten ihn sogar umso mehr, weil Baba nicht sterben sollte.

Hustend suchte er seinen Freund in der zerbombten Landschaft und stolperte dabei über zerfetzte Leichen beider Parteien, während er immer wieder verzweifelt nach seinem Freund rief. „Baba, sag doch was. Wo bist du?" Doch egal wie laut er auch schrie, die einzige Antwort, die er erhielt, war die unheimliche Stille. Doch das hielt die Fangschrecke nicht davon ab, weiter nach ihm zu suchen.

Plötzlich stand Bruce am Anfang eines riesigen Kraters. Die enorme Wucht des Aufpralls hatte ein kleines, kreisrundes Gebirge geschaffen. Die Fangschrecke blickte hinauf zu der in den Himmel ragenden Erdkruste, die einem Bergsteiger alle Ehre gemacht hätte und bestieg sie im selben

Moment ohne mit der Wimper zu zucken (die man auch vergeblich in seinem Gesicht gesucht hätte), auch wenn seine Kletterkünste so unausgereift waren, wie die Künste der Hair and Make-Up Artisten von Donald Trump (#Make his haircut great again!, Anm. d. Autors).

Unerschütterlich bestieg er den Berg, der sich vor ihm auftat, bis er ganz oben ankam, über die Kante hinunterblickte und seinen allerbesten Freund in der Mitte des Kraters liegen sah. Er rührte sich nicht. Von Termi-Nator schien keine Spur mehr zu sein, aber das wäre Bruce in dem Moment auch egal gewesen. Er wäre trotzdem zu ihm hinuntergerannt, so wie jetzt.

Als er vor ihm stand, fiel ihm zuerst seine geringe Größe auf. Obwohl er auf seine normale Körpergröße zurückgeschrumpft war, schien er in Bruce` Augen nie winziger. Vorsichtig stupste er seinen Freund an, der mit seinem Gesicht im Boden lag. Baba jedoch, zeigte keinerlei Reaktion. „Wach doch bitte auf.", flüsterte Bruce dem Marienkäfer zu. „Bitte!"

Auch weiteres Anstupsen und Anflehen verfehlten ihre Wirkung. Baba Schrotti erwachte einfach nicht. Traurig sank Bruce seinen Kopf und setzte sich neben dem leblosen Körper seines besten Freundes, um von ihm im Stillen Abschied zu nehmen.

Doch die Ruhe wurde jäh von den trampelnden Termiten gestört, die den kreisrunden Ring des Kraters bestiegen und sich oben an der Kante positioniert hatten. Bruce blickte ringsum und starrte in aberhunderte, wütende Termitengesichter. Mit Bedauern musste er feststellen, dass er nun eingekesselt war.

„Wie`s aussieht, werden wir uns gleich wieder im Himmel sehen!", versprach Bruce seinem toten Freund, als er die Übermacht an tobenden Termitensoldaten von allen Seiten auf ihn zustürmen sah.

Kapitel 10 – Ungleiche Brüder

Bruce richtete sich auf, um dem Tod mit Ehre und Stolz entgegenzutreten. Dabei knurrte sein Magen beim Aufrichten so stark, dass es sich fast wie das Brüllen eines Löwen anhörte. Der „Brüller" prallte an den Innenwänden des Kraters ab und das Echo verstärkte die drohende Wirkung. Dies hatte nicht nur den Effekt, dass die Termiten vor Angst kurz ihren Lauf unterbrachen und sich verunsichert ansahen, sondern auch, dass Baba Schrotti durch das Geräusch aufschreckte, als wäre er aus einem Albtraum erwacht und „Slim fast!" schrie.

Völlig unverletzt stand der Marienkäfer auf und schüttelte kurz die kleine Staubschicht von seinem roten Chitinpanzer, damit er wieder im neuen Licht erstrahlte. Bruce drückte ihn vor Freude zwischen seine Fangarme, aber wohl doch zu grob. Denn Baba meinte in seiner Umklammerung nur luftschnappend: „Erdrückt von der Liebe meines Freundes!" Bruce verstand den Wink mit dem Zaunpfahl sofort und ließ den Marienkäfer wieder los. „Sorry, aber ich bin so wahnsinnig froh, dich gesund und lebendig zu wissen.", entschuldigte sich die Fangschrecke, gleichzeitig um Verständnis bittend. „Wir werden nicht mehr lange gesund und lebendig sein.", entgegnete ihm Baba, als er die jetzt wieder heranstürmenden Termiten mit Kampfgebrüll aus allen Himmelsrichtungen über sie herfallen sah.

„Jetzt ist es an der Zeit, dass du deiner Natur folgst und um dein Leben kämpfst. Und hoffentlich um meins, denn meine Flügel sind verletzt, wie du siehst. Aber dazu ist es nötig, dass du zu einer allesfressenden…". Baba stoppte sich selbst mitten im Satz, da ihm wieder einfiel, mit welcher gottgegebenen Kampfmaschine er es eigentlich zu tun hatte und er in seinen Augen Gefahr lief, Bruce dermaßen von seinem Selbstfindungstrip abzuhalten, dass er alle seine Manieren vergaß und ihn gleich mit in den Topf der Gefressen-Werdenden schmiss, sich er also daraufhin räusperte und schließlich zurückruderte: „… ähm, ich meinte in diesem besonderen Fall, solltest du zu einer termitenfressenden Bestie werden!"

„Bestie!", dachte Bruce? Wenn er dieses grausame Wort schon hörte, beutelte es ihn. „Besteht das ganze Leben denn nur aus fressen und gefressen werden?" Baba, der Bruce versuchte, den Ernst der Lage begreiflich zu machen, langte sich bei dieser Frage ans Hirn (wortwörtlich, er drückte nämlich an seine offenliegende Gehirnhälfte, woraufhin er kurzzeitig erblindete, aber sobald er seine Schaltzentrale wieder losließ, konnte er wieder sehen). „Du kannst sie gerne mal fragen, ob sie mit ihrem Beutezug und dem Morden aufhören. Wir gründen einen Debattierclub und wer die besseren Argumente vorträgt, hat gewonnen. Der Verlierer verliert alles, sein Hab und Gut und muss das Territorium auf Nimmerwiedersehen für immer verlassen. Der Gewinner hingegen darf sich alles unter den Nagel reißen, was sich die anderen aufgebaut haben und die Königin ermorden, damit keine Nachkommen mehr Vergeltung oder Rache üben können. Vendetta ist somit ausgeschlossen und die Gewinner können nachts beruhigt schlafen. JUNGE WACH AUF! Und zwar schnell. Wir sind dem Tod geweiht, wenn du nicht endlich zur Vernunft kommst und endlich zu einer Mordmaschine wirst, wie es die Natur für dich vorgesehen hat. Beeil dich damit besser, denn die Termiten haben uns gleich erreicht."

„Aber ich will selbst bestimmen, wer ich bin. Ich wollte ein friedlicher Esanbeter sein, jemand, der niemanden tötet und auffrisst." Der Marienkäfer schrie die Fangschrecke an: „Wenn du heute, hier und jetzt, nicht das Töten anfängst, wird es keinen Esanbeter mehr geben." Bruce ging in sich und dachte, dass es einerlei wäre, ob er nun tötete oder nicht. Denn egal wie es für ihn heute ausgehen würde, der Esanbeter starb definitiv, ob lebendig oder tot. Wenn er sich nämlich entschied, um sein Leben zu kämpfen, stürbe die Idee des friedvollen Esanbeters und er wäre eine gewöhnliche, naturbedingte Bestie. Etwas, das ihm von ganzem Herzen widerstrebte, zu sein. Aber würde er nicht kämpfen, wäre sein Leben beendet und mit ihm starb dann auch das Ideal eines Esanbeters, mit dem er noch viel Gutes bewirken wollte (vor allem, andere Insekten zu bekehren, die seinem Beispiel folgen sollten und dann ihr Leben in Harmonie und Co-Existenz mit anderen Individuen ausrichteten. Nie mehr Gewalt und Tod – so zumindest lautete sein Gebot). „Ich glaube, ich bin für diese Welt nicht geschaffen!", erwiderte Bruce, der seine Fangarme entmutigt herunterhängen ließ.

Doch kurz bevor sie überrannt wurden, fiel Baba wieder ein, dass Fangschrecken ebenfalls die Fähigkeit besaßen, zu fliegen. „Rette wenigstens dein Leben. Flieg Bruce. Du kannst es. Alle Gottesanbeterinnen, pardon, Esanbeter können das. Benutze deine Flügel!"

Der Marienkäfer deutete auf Bruce` Rücken. Zum ersten Mal in seinem Leben spürte die Fangschrecke ihre Tragflächen. „Aber ich weiß nicht, wie man sie benutzt!", resignierte er. Doch der Marienkäfer wollte ihn einfach nicht aufgeben. „Du weißt es, tief in deinem Innern. Höre in dich hinein. Die Natur hat dir die Fähigkeit gegeben, also kannst du es auch. Du darfst nur nicht überlegen. Einfach machen."

Von der Neugierde gepackt, spreizte Bruce auf einmal seine Flügel - und hob ab. „Schau mich an Baba!", rief er mit geschwellter Brust. „Ich fliege! Ich fliege!" Doch schwebend über dem Boden, wurde er Zeuge einer grausigen Szene. Unter seinen Füßen überrollte gerade eine Lawine von aberhunderten Termiten seinen kleinen Freund und begrub ihn unter sich. Ein Gefühl von Wut und Hass überkam Bruce, als er sah, wie brutal sie mit Baba umgingen. Lange würde er die Tortur sicher nicht überstehen. Das Verlangen, dem Marienkäfer zu helfen, zwängte sich ihm in diesem Moment förmlich auf, was ihn alle moralischen Aspekte kurzzeitig vergessen ließ. Auch, weil er ganz genau wusste, wem er es zu verdanken hatte, dass er dem Kessel des Kraters und somit dem sicheren Tode entkommen konnte. Er fasste den folgenschweren Entschluss, seinen Freund irgendwie zu retten. Und wenn er dabei zu einem Mörder wurde, er musste einschreiten.

Von oben herab, stürzte er sich auf die unzähligen Termiten und schlug mit seinen mächtigen Klauen beim Vorbeiflug alle von Baba Schrottis Körper herunter. Drei Anflüge waren nötig um so seinen besten Freund zu befreien, der sich ganz klein zusammenzog und mit dem gelben, stinkenden Wehrsekret nicht geizte. Doch egal wie viel er sich auch eingenässt hatte, die an und für sich giftige Flüssigkeit hatte keine Auswirkungen auf die Termiten. Aber ein Gutes hatte es trotzdem: Die unaufhörliche Förderung der Flüssigkeit aus seinen Drüsen hatte den Effekt, dass sie ihn mit ihren langen Beißzangen nicht zu fassen bekamen, da sich Baba Schrotti vor lauter Angst damit so krass eingenässt hatte, dass es sich über seinen ganzen Körper verteilte und er daher öliger als ein türkischer Öl-Ringkämpfer war. Einige Termiten versuchten ihn aus ihren hochgiftigen Drüsen zu beschießen, trafen ihn auch, aber das Zeug prallte am Ölteppich, den der Marienkäfer um seinen Körper trug ab und traf bisweilen andere Termiten, die daraufhin qualvoll verendeten.

Nachdem Bruce einige (viele) Angreifer wegschleudern konnte (wobei keiner starb, worauf Bruce sehr viel Wert legte) und sich praktisch ein kleiner Landeplatz bildete, landete er neben Baba. „Danke, dass du zurückgekehrt bist.", meinte der Star-Tenor mit zittriger Stimme. Aber der Albtraum war noch lange nicht vorbei, die Gefahr noch lange nicht gebannt. Hunderte Termiten rückten nach und füllten schon bald die Plätze, die Bruce mühsam freigeschlagen hatte.

„Wir haben keine Chance gegen diese Übermacht! Ich fliege uns hier raus.", trug die Fangschrecke vor. Vergeblich jedoch fasste er nach dem Marienkäfer, der nicht greifbar für ihn war.

Immer wieder entglitt er ihm aus seinen Fangarmen. „Rette dich Bruce! Es nützt keinem etwas, wenn du dein Leben für mich lässt.", riet ihm der hilflose Marienkäfer. Doch die Fangschrecke dachte gar nicht daran. „Ich werde dich beschützen, solange ich kann. Du bist mein einziger Freund auf dieser Welt. Ich werde dich nicht hier krepieren lassen. Wir werden das gemeinsam schaffen oder bei dem Versuch sterben. Aber ich lasse dich nicht alleine! Niemals." Der Marienkäfer konnte seine todesmutige Entscheidung kaum glauben. „Danke, mein Bruder.", waren die letzten Worte, die Bruce an diesem Tag hören sollte. Schützend stellte er sich über Baba Schrottis Körper, der unter seiner gewaltigen Erscheinung gänzlich unter ihm verschwand.

Plötzlich sprangen die Soldaten-Termiten Bruce von allen Seiten an. Wie wild schlug er um sich und wehrte so, zu seinem eigenen Erstaunen welche Kraft in ihm schlummerte, die ersten fünfzig Soldaten überraschenderweise ab. Aber schon kündigten sich die nächsten einhundert Unholde an, die ihn und seinen Freund zur Strecke bringen wollten. Sie verbissen sich in die Füße von Bruce, der nicht zum ersten Mal die Brutalität des Lebens spürte. Aber zum ersten Mal spürte er nicht nur den Schmerz, sondern das abartige Gefühl der Todesangst. Diese Panik jetzt und heute zu sterben ließ ihn so laut aufschreien, dass man ihn noch bis tief in die Stollen des Ameisenbaus hören konnte. Die nächste Soldaten-Termite verbiss seine Fressklauen an seinem Hals und versuchte ihn zu durchtrennen. Seine Atmung wurde daraufhin unterbrochen. Energisch versuchte er sich gegen die Streitmacht zu stemmen, aber seine Bemühung war nicht von Erfolg gekrönt. Schon bald hatten sie es geschafft, Bruce bewegungsunfähig zu machen und festzuhalten. Wie bei einem Erschießungskommando machten sich daraufhin weitere Termiten bereit, ihn mit ihrem giftigen Sekret zu beschießen.

So viel Leid nahm Bruce nur auf sich, damit er seinen kleinen Freund beschützen konnte. Aber langsam verließen ihn die Kräfte. Die Umgebung verschwamm vor seinen Augen und er bekam alles nur noch wie im Zeitraffer mit. Als eine Gruppe Soldaten-Termiten einige Zentimeter vor ihn trat, noch immer den Marienkäfer unter seinem massigen Körper schützend, trat ein Termiten-Kolonnel daneben. „Soldaten, stillgestanden! Wehrdrüsen anlegen! Zielen…"!

Auch wenn man Insekten nachsagt, dass sie nicht weinen können; Bruce liefen während des Todeskampfes unentwegt Tränen aus den Augen. Aber nicht nur wegen der Schmerzen, die er in diesem Augenblick erleiden musste oder weil er dem

Tode geradewegs ins Auge blickte. Sondern weil er von der Grausamkeit dieser Welt, die angeblich ein allmächtiges, allliebendes und allwissendes Wesen geschaffen haben soll, tief berührt war und innerlich wusste, dass es keinen Gott geben kann auf den alle diese Attribute gleichermaßen passten. Wenn er diesem Kampf nicht standhielt (und das war nur noch eine Frage von Sekunden), so würde der Marienkäfer, sein Weggefährte von Geburt an und vielleicht auch mehr, das gleiche Schicksal erwarten, wie er selbst. Würde er dann vor Gott dafür verantwortlich gemacht, das Todesurteil des Marienkäfers unterschrieben zu haben, indem er sich nicht zu seiner Natur bekehrte, sich nicht zu dem Dämon machen ließ, die er nach Gott sein sollte? Denn nur diese hätte seinem Freund wahrscheinlich das begehrliche Leben retten können Anderseits hätte diese Bestie, die in ihm steckte, niemals diese einzigartige Freundschaft hervorgebracht und Baba wäre schon nach der ersten Begegnung mit ihm getötet worden. Wie also konnte Gott hier ein gerechtes Urteil fällen?

Mit letzter Kraft bäumte sich Bruce auf und schrie völlig verloren den Namen seines besten Freundes: „BABAAA BRUDEEER, VERGIB MIR...!", bevor er das Bewusstsein verlor. Baba, der völlig verängstigt unter Bruce kauerte vernahm nur noch den unbarmherzigen Befehl des Termiten-Kolonnels:

„Feuer!"

Kapitel 11 – Feinde unter Freunden

Das Mondlicht, das in den Krater schien, wurde von riesigen, unheimlichen Schatten unterbrochen. Aber nicht durch Wolken, wie man meinen könnte, denn eine sternenklare Aussicht beherrschte die Nacht. Nein, ein Geschöpf, so schwarz wie das Universum in seinen dunkelsten Ecken, dem sogar die Trolle alle erdenklich bösen Geister andichteten, wurde durch Bruce` letzten Schrei auf das Schlachtfeld der Termiten und Ameisen aufmerksam. Und es kam nicht allein. Noch ehe die Soldaten-Termiten den Befehl ihres Kolonnels ausführen und die Fangschrecke mit ihrem tödlichen Sekret bespritzen konnten, stürzten sie vom Himmel herab.

Krähen, soweit das Auge reichte, pflügten ihre Schnäbel auf der Jagd nach den nahrhaften Insekten durch den Boden, wobei sie ganze Erdklumpen durch die Lüfte schleuderten. Mächtige Schnäbel rissen Bruce` und Babas Henker in ihren Schlund oder zerstampften sie mit ihren riesigen Krähenfüßen, wobei auch der Krater Schaden nahm, an einer Stelle aufriss und eine kleine Bresche schlug, wo Bruce und Baba einen Ausweg fanden, wenn Bruce, gezeichnet von der Malträtierung seiner

Feinde, endlich wieder zu Bewusstsein gelangte. Und es sah nicht so aus, als würde er so schnell wieder erwachen.

Baba schlug seinem Freund mehrere Male heftig in kurzen Abständen ins Gesicht, um ihn aufzuwecken, damit er wenigsten eine geringe Chance bekam, lebend aus den Wirren der Zerstörung zu entfliehen. Doch der kleine Marienkäfer musste sich eingestehen, dass er nicht die nötige Kraft aufbrachte, um ihn aus der Bewusstlosigkeit zu boxen. Kurz überlegte er ernsthaft, ihn eventuell mit einem tenorgesanglichen Kunstgriff aus dem Dämmerzustand zu befreien, was aber mit ziemlicher Gewissheit die Krähen auf die beiden aufmerksam gemacht hätte, die doch gerade so schön mit der Zerschlagung ihrer Feinde beschäftigt waren. Auf der anderen Seite blieb Baba nur dieser eine Hoffnungsschimmer, wenn er seinen Freund retten wollte, weil er einfach zu schwach war ihn davonzutragen. Und angesichts dieser prekären Lage, war es wie der sprichwörtlich rettende Halm, nach dem man greift, wenn man nichts mehr zu verlieren hatte, auch wenn diese Aktion nach hinten losgehen und dabei beide ihre Leben verlieren konnten. Baba betrachtete noch einmal das Gemetzel, das sich seinem Auge bot, bevor er sich zu einer Entscheidung hinreißen ließ. Wegen der Anzahl der Krähen und ihre unermessliche Gier nach Fressalien, befürchtete er, dass es nur eine Frage der Zeit war, bis sie auf die schmackhafte und vor allem wehrlose Fangschrecke aufmerksam wurden. Daher ging er das Wagnis ein.

Der Star-Tenor atmete tief ein und seine Lungen füllten sich prall mit Luft. Doch ehe er sich seinem Talent genussvoll hingab (ja selbst in dieser bedrohlichen Situation würde der Marienkäfer, wir reden hier immerhin von DEM STAR-TENOR BABA SCHROTTI, niemals nur einen lauten Aufschrei freisetzen – er besaß eben Stil, auch im Angesicht des Todes), standen plötzlich der Ameisenkolonnel und seine beiden Wachen neben ihm. „Los, wir nehmen die Fangschrecke und bringen sie ganz tief in unseren Bau. Und du Marienkäfer, kommst mit. Wir stehen tief in eurer Schuld. Ihr habt unsere Leben gerettet."

Baba verschluckte sich beinahe an seiner eingesogenen Luft, als die drei Ameisen unerwartet neben ihm auftauchten und unter Einsatz ihres eigenen Lebens, völlig widernatürlich, zur Hilfe kamen. „Schnell! Schnell! Schnell!", spornte der Ameisenkolonnel seine Truppe an und auch der Marienkäfer wurde dadurch motiviert, schneller zu laufen.

Aber natürlich entgingen den gut geschulten Augen dieser Vögel nicht die große Fangschrecke.

Schon gar nicht, wenn sie sich fortbewegte. In diesem Fall, getragen von den Ameisenwachen.

Eine Krähe, die etwas abseits gelandet war, wurde auf ihre Flucht aufmerksam. Wild schlug sie mit ihren Flügeln als sie anfing, auf sie loszustürmen und trampelte dabei nicht nur einen Termitenhaufen nach dem anderen nieder, die sich zwischen ihr und dem vermeintlichen Leckerbissen auftat. So gierig und fokussiert wie sie war, überrannte sie auch noch ihre eigenen Artgenossen, stieß sie um, stolperte selbst, überschlug sich, fing sich wieder, um die Jagd von neuem aufzunehmen. Federn flogen durch die Lüfte, wie anderswo bei Kissenschlachten. So ungestüm und entschlossen verhielt sich die Krähe, nur um Bruce zu fressen. Keine Rücksicht auf Verluste, schien ihr auf der Stirn zu stehen.

Baba und die drei Ameisen, jetzt alle Bruce über ihre Körper schulternd damit es noch ein Ticken schneller voranging, rannten wie die Windhunde. Von ihrem unliebsamen Verfolger hatten sie bisher keine Kenntnis genommen. Sie waren auch zu sehr mit Davonlaufen beschäftigt, mit dem Ausweichen von Gesteinsbrocken, die bei dem Scharmützel durch den Raum jagten und nicht minder ihre zarten Leben bedrohten, wie die Vögel oder Termiten. Ihr Ziel, die rettenden Stollen des Ameisenhügels, war fest angepeilt und alles was sich hinter ihnen abspielte, kümmerte sie nicht. Das

Einzige was in diesen lebensbedrohlichen Momenten zählte war Boden gut zu machen. Jeder Millimeter konnte über Tod oder Leben entscheiden.

Nur noch wenige Zentimeter trennten sie vom sicheren Ameisenhügel, als sich hinter ihnen ein mächtiger Schnabel durch die Erde pflügte und den Boden, auf dem sie liefen, anhob. Durch die Wucht wurden Bruce, Baba und die drei Ameisen, in hohem Bogen durch die Luft geschleudert. Während des unkontrollierten Fallens versuchte der Vogel die Fangschrecke noch in der Luft zu schnappen, aber er stellte sich zu ungeschickt an, weshalb daraus nichts wurde. Harsch landeten alle Beteiligten verteilt auf dem Erdboden und überschlugen sich. Tragischerweise verfehlte Bruce dabei nur knapp einen Stolleneingang in den Ameisenbau. Stattdessen knallte er ungebremst an eine Erdwand daneben, wobei er trotz der massiven Kräfte, die auf seinen Körper wirkten, leider nicht aus dem Koma erwachte, um sich die wenigen Millimeter selbst in den rettenden Bau zu schleppen.

Nun war er der Krähe schutzlos ausgeliefert, die sich stolz vor ihm aufplusterte und ihren todbringenden Schnabel auf Bruce richtete. Baba betrachtete die Szene etwas abgelegen, wo er sich hinter einem winzigen Stein versteckt hielt. Er war fassungslos und konnte kaum hinsehen, als der Vogel seinen Schnabel auf Bruce einhämmerte.

„Nein!", rief er entsetzt, doch in dem Getöse der Schlacht ging selbst die kräftige Stimme des Star-Tenors unter.

Doch dann geschah etwas unverhofft Merkwürdiges. Noch ehe der Schnabel Bruce`Körper durchbohrte, wurde die Krähe in ihrem Tun unterbrochen und war nun selbst im Begriff, angegriffen zu werden. Aber nicht von einer Legion Ameisen, wie man meinen könnte, sondern von einem Artgenossen, einer anderen Krähe also, die selbst Anspruch auf Bruce erhob. Sie sprang Bruce` Peiniger an und schleuderte ihn weg. Dann drehte sie sich zu der Fangschrecke um und wollte ihn gerade auffressen, als die erste Krähe wieder zurückkam, um sich das nicht gefallen zu lassen. Entschlossen stürzte sie sich auf ihren Widersacher. Nun brach ein gewaltiger Streit unter den beiden Krähen aus. Sie bekämpften sich mit allerlei Tricks, wandten sich wie Schlangen, während sie mit ihren Schnäbeln aufeinander einhackten und sich gegenseitig mit ihren scharfen Krallen verletzten. Mal lag der eine im Dreck, mal der andere. Aber immer wieder suchten die beiden die Auseinandersetzung.

Diesen unverhofften Glücksmoment nutzten Baba, der Ameisenkolonnel und seine beiden Wachen aus, um die wehrlose Fangschrecke und sich selbst in den sicheren Stollen zu retten. Mühsam zog der Ameisenkolonnel an Bruce Fangarm und auch der Marienkäfer gab alles, während die beiden Wachen am anderen Ende drückten, was das Zeug hielt.

Trotzdem beide Krähen miteinander in einen Kampf verwickelt waren, versuchte doch jeder einmal sein Glück, als sich ihnen die Gelegenheit bot und schnappten nach Bruce. Doch ihre unstillbare Gier wurde ihnen zum Verhängnis, denn jetzt schauten sie nur noch in die Röhre (im wahrsten Sinne, der Stollen glich gewissermaßen einer Röhre), wo die Insektengruppe verschwand. Eine der beiden Krähen, die vom Zwist gezeichnet war und aus allen erdenklichen Körperöffnungen blutete, flog davon, während die andere sich triumphierend aufrichtete und den Leckerbissen noch nicht für Verloren hielt. Denn kaum war ihr Widersacher verschwunden, rannte der Vogel mit voller Wucht auf den Stollen zu und grub seinen Schnabel mit aller Gewalt so weit in den Gang hinein, wie es ihm möglich war, in der Hoffnung, doch noch zu seiner fetten Beute zu gelangen.

Der Gang, in dem die fünf Insekten Schutz suchten, erzitterte und stürzte explosionsartig ein. Überall wirbelte der aufgebrachte Schnabel, der schnappend nach seinem Abendessen suchte, die Erdkrümel auf.

Kurz nach dem Zusammenbruch war von dem einstigen Stollen nichts mehr übrig und es herrschten nur noch angsteinflößende Stille und unheimliche Dunkelheit.

Kapitel 12 – Die schlechteste aller Welten

Niemand wusste, wie viel Zeit vergangen oder wie sie hierhergekommen waren, als Baba und Bruce langsam unter einer dicken Staubschicht auf ihrer Haut erwachten – gefangen hinter Gitterstäben aus dünnen Ästen. „Oh Gott sei Dank, dir ist nichts passiert.", freute sich die Fangschrecke, als sie ihren ungleichen Bruder lebendig und ohne gröbere Blessuren neben sich liegen sah. Aber das Gesicht eines Überlebenden sah irgendwie glücklicher aus, nicht so niedergeschlagen. Es machte auf Bruce einen erschrocken nachdenklichen und depressiven Eindruck.

„Was ist geschehen und wie sind wir in diese Gefängniszelle gekommen und warum?", fragte die Fangschrecke vorsichtig.

„Ich…, ich weiß es nicht so genau.", stammelte Baba und beutelte sich kurz, als ihm die schrecklichen Bilder der Schlacht wieder in den Sinn kamen. Dennoch bemühte er sich um eine Antwort.

„Der Kolonnel und seine Wachen … sie haben uns gerettet…!" Baba seufzte unglücklich. Dann fuhr er betrübt fort: „Todbringende Krähen stürzten vom Himmel… sie kannten kein Erbarmen. Sie hackten mit ihren spitzen Schnäbeln auf alles ein, was am Boden kreuchte und fleuchte. Die verzweifelten Hilferufe der Termiten werde ich nie mehr aus meinen Ohren bekommen (was anatomisch natürlich unmöglich war, weil er keine besaß. Er entschloss sich jedoch seit Beginn der Geschichte, wie auch alle Insekten die darin vorkommen, den Kräften des Universums zu trotzen und trotzdem zu hören – ansonsten müsste der Autor jetzt alle Sprechszenen in Gebärdensprache darstellen, was er a) nicht kann und b) die Insekten dadurch auch nicht mehr verstünden).

Bruce legte einen Fangarm um seinen besten Freund und bekam heftiges Mitleid mit ihm. Dann fing er an, das Leben zu beklagen. „Ich weiß wie du dich fühlst Baba.", schniefte er. „Diese Welt muss die schlechteste aller Welten sein, wenn es noch andere geben sollte. Sie ist so grausam und abgrundtief böse. Einfach nur ein unheilvoller Ort, dem man am besten dadurch entflieht, gar nicht erst geboren zu werden. Überall wo ich hinsehe herrscht dieses unsagbare Leid. Ein bestialischer Kampf ums nackte Überleben. Und dies ausschließlich immer auf Kosten anderer Lebewesen. Ich verkrafte das nicht mehr."

Baba schluchzte und Tränen rannen über sein halbzerkautes Gesicht. „Damit ein Individuum in diesem Universum überhaupt eine Überlebenschance hat...", fuhr Bruce fort, „muss es sich ganz auf seine niederen Instinkte einlassen. Und das bedeutet in dem Fall, töten um zu überleben." Die Stimme der Fangschrecke fing zu zittern an, so als ob sie den Tränen nahe war. „Meine Geschwister, meine Mutter, ja selbst mein Vater, der sich ihr fast schon hingebungsvoll in den Schlund geworfen hat, sie alle haben dieses göttliche Prinzip nie hinterfragt, sondern sind ihm einfach blindlings gefolgt. Genau das ist der Grund, warum diese Welt so schrecklich ist. Niemand hinterfragt seine Existenz oder kämpft, Kraft seines Willens, gegen seine Natur an, um sich zu etwas Besserem zu machen." Als Bruce diesen Satz beendete, knurrte sein Magen noch schlimmer, als einst im Krater. Kraftlos sank er von dem einen zum nächsten Moment zu Boden und wandte sich vor Schmerzen. „Auch wenn ich vor Hunger fast umkomme Baba, und glaube mir, das werde ich, würde ich dich niemals auffressen. Hörst du Baba, niemals. Eher sterbe ich."

Der Marienkäfer war von den Worten seines Freundes überwältigt, die nicht nur hohle Phrasen darstellten, sondern von Herzen kamen. Sein sich selbst aufgezwungenes Leid war Beweis genug. Denn die Lösung seines Hauptproblems, der unerbittliche Hunger, wäre so einfach gewesen und lag einzig und allein darin, den Marienkäfer jetzt und auf der Stelle zu verspeisen. Die Möglichkeit dazu hätte er gehabt. Es gab praktisch keine Fluchtmöglichkeit. Aber genau davor sträubte sich ja die Fangschrecke so sehr. Sein eigenes Überleben sollte nicht auf der Vernichtung anderer Leben beruhen. Lange konnte Bruce jedoch nicht mehr überleben und das wusste der Marienkäfer nur allzu gut, dem mittlerweile selbst der Magen unverzeihlich knurrte. Zum ersten Mal seit ihrer Begegnung verspürte Baba das Verlangen, Bruce herzlich zu umarmen, weil er sein Leben verschonte. Auch, weil seinem eigenen, winzigen Magen gerade der gleiche unerträgliche Schmerz zuteilwurde und er sich bei dem Gedanken ertappte, dass er ihn in umgekehrter Situation (er Fangschrecke, Bruce Marienkäfer) mit größter Sicherheit beherzt gefressen hätte. Er besaß einfach nicht die nötige Willensstärke, das wurde ihm nun klar. Jetzt, wo sich ihm das unerträgliche Hungergefühl förmlich aufzwang und ihn beinahe in die Knie zwang, war er sich für seine schändliche Tat umso gewisser.

Der Marienkäfer fühlte sich in seinen Gedanken ertappt, so als hätte er das Verbrechen bereits begangen, weswegen ihn jetzt auch noch Schuldgefühle plagten. Er konnte seinem Drang, Bruce zu umarmen, um ihm seine tiefe Dankbarkeit zu demonstrieren, nicht länger unterdrücken. Sowie sich die beiden in den Armen hielten, fingen sie bitterlich zu weinen an.

„Ruhe da drinnen!", störte auf einmal eine Ameisenwache und sperrte die Zelle auf. Im nächsten Moment traten zwei absolut gefühlskalte Ameisensoldaten hinein und rissen Bruce und Baba rüpelhaft voneinander. Panik ergriff die beiden, umso mehr, weil sie nicht wussten, was nun mit ihnen passieren würde. Wurden sie voneinander getrennt oder in die Speisekammer gebracht, um dort zu sterben? Hoffnungslosigkeit erfüllte ihre Gemüter, sich zu wehren hatte nämlich keinen Zweck.

Aber es kam alles ganz anders, als ihre Angst zunächst vermuten ließ. Ob besser als gedacht, sei jedoch dahingestellt. Sie wurden nämlich in einen großen Raum gebracht, der an eine Kampfarena erinnerte, ähnlich, wie das Kolosseum in Rom, nur, dass sie sich, wie es für einen Ameisenhügel gehörte, unter der Erde befand und sie den Himmel nicht sehen konnten. Aber genau dieser letzte Anblick des Firmaments wäre in dieser angsteinflößenden Situation ein großer Trost für sie gewesen.

Rechts und links türmten sich Tribünen mit aufsteigenden Reihen. Und sie quollen über vor Zuschauermassen. Hunderte, wenn nicht tausende Ameisen wollten Baba und Bruce sehen. Aber wieso wurden sie hierher gebracht? Und weshalb wurden sie von den zahlreichen, neugierigen Augen der

Zuschauerränge ausgebuht? Das alles wirkte doch sehr verstörend auf die ungleichen Brüder, die sich in ihren kühnsten Albträumen überhaupt keine Vorstellung darüber machten, was noch mit ihnen geschehen wird. Immer weiter wurden die beiden mit Stößen in ihre Rücken vorangetrieben, wobei Bruce daraufhin, geschwächt vom Hunger, mehrmals das Gleichgewicht verlor und auf den harten Erdboden knallte. Das Publikum jubelte jedes Mal und war ganz außer sich vor Freude.

Völlig beklommen passierten sie dreiviertel des Raums, bis eine Ameisenwache „Halt!" schrie. Vor ihnen tat sich ein erhöhtes, holzverziertes Rednerpult auf, an dem eine Gravur Unheilvolles zeigte (eine Ameise biss einem anderen Insekt den Kopf ab). Dahinter stand eine Art Thron, auf dem jedoch noch niemand Platz genommen hatte. Doch dieser Königssitz musste, nach der Gravur und der Arena zu beurteilen, einem Sadisten gehören. Eine Eigenschaft, die wohl jeder Mächtige besaß.

Plötzlich wurde die Geräuschkulisse des Publikums immer lauter. Hunderte Ameisenbeine klatschten ihrem Herrscher Beifall, der sich selbstgefällig feiern ließ.

„Egal was jetzt passiert, du darfst ihnen deine Angst nicht zeigen.", flüsterte die Fangschrecke dem Marienkäfer zu, der so stark zitterte, als wäre er gerade in einen zugefrorenen Winterteich gefallen.

„I i ich versuch`s!", stotterte Baba, der noch einmal völlig verängstigt mit einem Rundblick die Tribünen abging und sich bei dem einschüchternden Publikum schwer tat, cool zu bleiben. Bruce erkannte die Todesangst seines Kameraden. Doch anders als sein Freund, wollte er von dieser Angst jetzt nichts mehr wissen. „Was ist an dieser Welt nur so schön, dass man so sehr an seinem Leben hängt?", schoss es Bruce durch den Kopf. Er konnte diesem Leben nichts abgewinnen. Der Tod schien ihm nur die Erlösung zu sein, in einer Welt, in der er keinen Platz und keine Nahrung (die er zuvor töten musste) fand. Der einzige Grund für ihn weiterzuleben bestand einzig und allein darin, seinen kleinen Bruder nicht diesem aufgebrachten Mob an Durchgeknallten zu überlassen.

Plötzlich wurde es mucksmäuschenstill. Keine der unzählbaren Ameisen auf den Tribünen wagte es, auch nur einen Laut von sich zu geben. Vier gigantische Ameisensoldaten, die doppelt so groß waren wie die üblichen Ameisensoldaten (und die waren schon verdammt groß), geleiteten in ihrer Mitte eine weibliche Ameise mit einem mächtigen Ars... ähm Hinterleib zu ihrem Thron. Erhaben betrat sie das Rednerpult.

„Kniet nieder vor der Königin, ihr unehrenhaften Bastarde!", befahl eine der Ameisenwachen, die sie in die Arena gebracht hatten und schlug Bruce, so wie er die Worte aussprach, sofort in die Beine, damit genau dies eintraf. Die andere Ameisenwache tat es seinem Kameraden gleich und Baba kniete nun ebenfalls ungewollt vor der Königin. Bis auf die Wachen, knieten nun alle im Kolosseum.

„Erhebt euch mein geliebtes Ameisenvolk!", forderte die Königin, während die Fangschrecke und der Marienkäfer es durch den festen Fußdruck ihrer Peiniger auf ihre Rücken, die sie im Dreck hielten, nicht ansatzweise wagten sich zu bewegen und deshalb in ihrer unliebsamen Haltung verweilten. „Das also sind diese beiden Halunken?", lachte die Königin spöttisch, so als ob sie ihnen nicht zutraute, das getan zu haben, weswegen sie hier festgehalten wurden, von dem die Beiden selbst jedoch keinen blassen Schimmer hatten, was es gewesen sein sollte. „Gefangene, ich erkläre euch die Spielregeln nur ein einziges Mal. Ihr bekämpft euch bis zum Tod. Derjenige, der den Kampf überlebt, darf eventuell weiterleben. Je nachdem, was für einen spektakulären Kampf ihr mir und eurem Publikum bietet. Um die kümmerlichen Überlebenschancen des Marienkäfers zu erhöhen, darf er diesen spitzen Trollgegenstand im Kampf verwenden. Wir wollen ja unsere Zuschauer nicht durch den vorzeitigen Tod des Kleinen langweilen." Die Königin ließ durch ihre persönliche Leibgarde eine spitze Holzlanze (es handelte sich hierbei um ein Stück eines abgebrochenen Zahnstochers, die einige Kundschafter von ihren Streifzügen mitgebracht hatten) in die Kampfarena bringen, wo sie die Waffe neben Baba in den sandigen Boden rammte. Dann verließen die Wachen die Arena, und überließen die zwei Todgeweihten ihrem Schicksal.

„Möge das Spiel um Leben und Tod beginnen!", rief die Königin und die Menge flippte aus. Nur Bruce und Baba konnten sich an den Freudengesängen der brüllenden Ameisen nicht erheitern, stand doch einer von beiden kurz vor seinem Schöpfer (die Wetten um Babas Chancen, als Sieger hervorzugehen, standen bei 1:999.999 mit der Waffe und 1:1.000.000 ohne Waffe, was den Zahnstocher ungemein wertvoll für ihn machte).

„Blut, Blut, Blut!", riefen die Ameisen aus allen Richtungen der Zuschauertribünen. Und das sollten sie bekommen.

Kapitel 13 – Tödliche Spiele

„Sie wollen eine Show? Dann sollen sie eine bekommen, an die sie sich für immer erinnern werden.", flüsterte Baba zu Bruce mit entschlossenem Blick. Doch die Fangschrecke verstand diesen Sinneswandel seines Kameraden nicht. Angewidert fragte er ihn: „Heißt das jetzt, dass wir uns gegenseitig versuchen umzubringen?" Der Marienkäfer sah seinen Freund mit listenreicher Mine an. „Ach wo, mein Kunstbanause! Ich bin Baba Schrotti, Star-Tenor UND Schauspieler. Mein Stern wird heute gewiss nicht untergehen und keiner von uns wird heute sterben. Ich habe in unzähligen Opern mitgesungen und kenne daher viele dramatische Geschichten und ihre Ausgänge. In einer dieser Erzählungen konnten sich zwei Halunken von einem wütenden Mob retten, indem sie ihnen eine saftige Schlägerei vorgaukelten. Wir spielen diesen Ameisen nur einen Kampf vor, ohne uns ernsthaft dabei zu verletzen. Wir müssen nur das Publikum mitreißen, damit der Plan klappt. Und ich hege keine Zweifel daran, dass wir das schaffen. Wir improvisieren ein wenig. Mein Talent wird deine mangelnden Schauspielkünste kompensieren. Trotzdem muss es theatralisch wirken, sonst fällt es auf. Dann können wir uns kämpfend einen Weg durch die Tribünen in die Freiheit schaffen."

Die Menge kannte kein Pardon und buhte und pfiff die beiden aus, weil sie im Moment einfach nur so dastanden und noch immer kein Todeskampf zwischen ihnen entbrannt war. „Was ist denn nun? Kämpft, oder ihr sterbt beide!", brüllte die Königin von ihrem Thron aus.

Baba ließ es sich nicht zweimal sagen und nahm die Holzlanze aus dem Boden. Jetzt waren auch Bruce` Sinne geschärft. Zunächst hielten beide in einiger Entfernung Abstand zueinander. Lautlos bewegten sie sich durch den sandigen Boden im Kreis und beobachteten akribisch jeden Schritt ihres Gegenübers. Baba schwenkte dabei drohend seine Waffe hin und her, während Bruce ihn nur mit einem verachtenden Blick würdigte. Immer wieder spähten die beiden zwischendurch auf die Zuschauertribünen, um einen geeigneten Fluchtweg auszumachen. Doch egal wo sie hinblickten, es bot sich ihnen immer das gleiche Bild: Überall lauerten unzählige, sich drängende Ameisen, die sich das Spektakel nicht entgehen lassen wollten und sich zu einer einzigen schwarzen Wand aufbauschten. Kein einziges Individuum war mehr darin zu erkennen. So als wollte niemand diesem perversen Gladiatorenspiel ein Gesicht geben; keiner zu seiner Perversion stehen.

„Also gut, aufgepasst ich greife an!", warnte der Marienkäfer seinen Freund. Er rannte mit vorgehaltener Lanze auf Bruce zu, täuschte einen Sprungangriff links an, um dann doch rechts zuzustoßen. Der Schlag verfehlte jedoch absichtlich knapp seinen Körper. Die Fangschrecke spielte mit und klemmte sich den Zahnstocher unter Wehklagen zwischen seine linke Achsel. Jeder der Zuschauer war nun im Irrglauben, dass ihn die Lanze durchbohrt hätte. Ein Raunen ging durch die Massen, so als hätten sie dem kleinen Marienkäfer so einen ausgeklügelten Angriff nicht zugetraut, was reißenden Beifall fand.

„Nicht tot stellen! Wir wollen hier doch verschwinden!", befahl der Marienkäfer, der die Regie übernommen zu haben schien. Bruce zog daraufhin die Trollwaffe wieder heraus und ließ dabei seinen linken Fangarm schlaff herunterhängen, so als könne er ihn nicht mehr bewegen. Jetzt rannte Bruce auf Baba zu, der panisch die Tribünenwand hinaufkletterte. Doch die Ameisen schubsten ihn immer wieder in die Arena zurück.

Nun stand die Fangschrecke über dem Marienkäfer und wusste nicht, was sie tun sollte. „Ich roll mich zur Seite und du stichst auf mich ein!", flüsterte Baba. „Aber…!", warf die Fangschrecke unsicher ein, doch Baba erwiderte nur schnippisch: „Nichts aber! Tu es einfach." Bruce drosch augenblicklich den Zahnstocher auf ihn ein, während Baba sich wie ein Stuntman auf die Seite wälzte. Bruce tat derweil so, als hätte er massive Probleme, die Lanze wieder aus dem Boden zu hieven, die nun mit der Spitze fest wie ein Schiffsmast versenkt war. Diese Situation nutzte der Marienkäfer aus, um auf Bruce` Rücken zu klettern und auf seinen Kopf einzuschlagen. Die Fangschrecke spürte von dem Angriff allerdings kaum etwas, weil Baba ihn mehr oder weniger nur liebevoll tätschelte. Das hatte aber weniger mit Empathie zu tun, als mehr mit gelebter Eitelkeit. Schließlich achtete Baba nach einem harten Tag besonders auf die wohltuende Kraft der Maniküre am Abend um zu entspannen (es könnte sich aber auch um eine Pediküre handeln, weil man bei den Strichbeinen ohnehin nicht weiß, ob sie Arme oder Füße darstellen sollen. Das gleiche Problem haben laut dem Maniküren-News-Letter acht von zehn Insekten). Daher konnte es sich der Marienkäfer natürlich nicht leisten auch noch seine Pfoten an dem robusten Körper zu verletzen. Er nutzte die Gelegenheit auf den Schultern viel lieber, um sich fast unauffällig nach Fluchtmöglichkeiten umzusehen.

Die Fangschrecke aber tat so, als träfe ihn jeder Schlag so hart wie der Hammer von Zeus höchstpersönlich. Er taumelte schmerzerfüllt von der einen Seite der Arena zur anderen, nur um Baba möglichst den besten Überblick über jegliche Fluchtmöglichkeit zu verschaffen. „Mehr nach rechts.", flüsterte Baba ihm zu. Doch als die taumelnde Tanzeinlage etwas an Glaubwürdigkeit verlor, griff Baba nach Bruce` Fühlern und setzte sie wie Zügel bei einem Pferd ein. So lenkte er die Fangschrecke durch die ganze Arena und jeder Winkel wurde dabei ausgespäht. Und das Glück war ihnen hold, denn tatsächlich erhaschte der Marienkäfer einen freien Gang. „Da, ein unbewachter Ausgang nach draußen!", freute sich der Marienkäfer, der das Unverhoffte hinter Massen von Ameisen, sozusagen die Nadel im Heuhaufen, ausgekundschaftet hatte. Jetzt mussten sie nur noch irgendwie dort hinkommen.

„Schmeiß mich auf die Tribüne!", flehte Baba sein neues Ross im Flüsterton an. Bruce stellte keine Fragen mehr und bremste unter dem Laufen abrupt ab, sodass der Marienkäfer vornüberkippte und nun an seinen Fühlern und zwischen seinem Kauwerkzeug hing. Bruce packte seinen ungleichen Bruder mit beiden Fangarmen und dann, meldete sich der Hunger. „Na los Bruce!", rief Baba und Bruce verstand es als Aufforderung, kräftig in ihn hineinzubeißen. Der Marienkäfer bekam es zwar nicht mit, doch in Bruce tiefstem Innern tobte gerade ein Vernichtungskrieg, der sein Leben wirklich bedrohte. Und es sah diesmal nicht so aus, als hätte er sich im Griff. Langsam schob Bruce Baba in Zombiemanier (ein freier Wille war nicht mehr zu erkennen) in seinen Schlund. „Wow, das sieht total echt aus.", lobte der Marienkäfer. „Weiter so!"

In ihren eigenen Köpfen schien ihre gesamte Darbietung sehr dramatisch gewesen zu sein. Aber die Realität ist oftmals weit entfernt von der eigenen Vorstellung. In Wirklichkeit nämlich war es ein erbärmliches Schauspiel und die Herrscherin der Ameisen flüsterte zu Recht ihrer Tochter, der Prinzessin, zu, dass sie nicht einmal das Zeug zu Laiendarstellern besaßen. Gähnende Laute, mehr konnte ihr schauspielerisches Talent bei der Königin nicht bewirken.

Noch ehe die Königin wegen Langeweile starb, gebart sie dem miesesten Schauspiel aller Zeiten Einhalt. „Für euren beleidigenden Auftritt müsst ihr nun beide das Zeitliche segnen! Der Kampf ist reine Augenwischerei.", schrie sie genervt. Sofort schickte sie ihre Wachen in die Kampfarena, die Bruce und Baba voneinander trennten. „Wie kommt ihr auf so eine Unterstellung?", rief der Star-Tenor verwundert, als man ihn von seinem Kollegen wegriss (wie brenzlig die Situation in diesen Sekunden wirklich für den Marienkäfer gewesen war, sollte er niemals in Erfahrung bringen. Aber sicherlich konnte man davon ausgehen, dass die Einmischung der Königin sein Leben gerettet hatte. Wenn auch nur vorläufig.).

„Sein linker Arm strotzt nur so vor Kraft, aber vor wenigen Sekunden steckte noch die Lanze darin. Und dann diese Streicheleinheiten, die ein fürchterliches Taumeln bei der Fangschrecke auslösen sollen? Ich weiß nicht was ihr euch dabei gedacht habt, vor wem ihr euer Stück aufführt. Aber die Kinder, die euch diesen Schabernack abkaufen, sind nur in der ersten Reihe dieser Tribüne (und nur diese waren es, die bei der Darbietung staunend mitgefiebert und applaudiert hatten). Erst jetzt bekamen Bruce, der allmählich wieder zur Besinnung kam, und Baba, die wirklich herrschende Atmosphäre der überwiegenden Mehrheit mit. Und das Resultat war eine Schlappe. Viele der Ameisen sahen sie gelangweilt an, einige dösten sogar vor sich hin. Niemanden schien der vorgetäuschte Kampf mitgerissen zu haben, von den Kinderameisen mal abgesehen. „War es wirklich so offensichtlich?", fragte der Marienkäfer in seiner Ehre getroffen. „Schluss mit dieser Farce!", befahl die Königin.

Die entsandten Wachen drückten beide mit ihren Köpfen in den Dreck. Was jetzt mit ihnen geschehen würde, lag allein in Gottes Hand, auch wenn sich Bruce gegen diese Formulierung gewehrt hätte.

Kapitel 14 – Sicheres Auftreten bei völliger Ahnungslosigkeit

„Auffressen sollte man sie!", meinte die Königin. „Sie sind ohnehin nicht mehr als ein Snack für Zwischendurch.", kommentierte sie wütend. „Und ihr wärt schon längst tot, wenn nicht, ja wenn nicht…!"

„Ich bitte um Erlaubnis, sprechen zu dürfen, eure Hoheit.", murmelte Baba unvorhergesehen, mehr dem dreckigen Boden zusprechend, als der Königin. „Bruder, was machst du denn da?", flüsterte Bruce in Sorge um ihn.

„Schweig! Du wirst nur antworten wenn du gefragt wirst, Unwürdiger.", brüllte Babas Tyrann, der hinter ihm stand und ihn mit einem Bein in den Rücken stieß. „Lasst den Marienkäfer sprechen.", bestimmte die Herrscherin, jedoch weder aus Mitleid oder Mitgefühl, sondern einfach nur aus Neugierde, was er vorzutragen hatte.

Die Wache half dem Star-Tenor auf und schlug ihm dabei mit größter Genugtuung in den Bauch. Baba hustete und beugte sich vor Schmerzen. Bruce, der das Treiben seines Bruders im peripheren Blick mitbekam, wollte ihm schon zu Hilfe eilen. Aber sein Wächter drückte ihn daraufhin nur fester in den Boden und flüsterte: „Gib mir einen Grund dir die Gurgel durchzubeißen und ich danke dir dafür."

Als sich Baba wieder einigermaßen gefangen hatte, fragte er: „Wie lautet überhaupt die Anklage?"

Fast blieb der Königin die Luft im Hals stecken. Voller Wut schrie sie Baba an: „Die Frage sollte wohl eher lauten, was ihr mit meinem Mann, dem General, angestellt habt? Haltet ihr ihn irgendwo gefangen? Das wäre besser für euch, denn sollte es anders sein, wüsste ich nicht, wie sehr ihr leiden müsstet, um endlich vor eurem Schöpfer zu treten. Egal wie, wir werden es schon aus euch herauskitzeln, was ihr meinem Mann angetan habt. Und die Strafe für euer Vergehen darf ich euch jetzt schon mitteilen: Eurer Tod ist besiegelte Sache, nur wie ihr sterben werdet, das entscheidet eure Kooperationsfähigkeit."

Baba wurde ganz anders und fiel plötzlich um. Er wusste, genauso wie die Fangschrecke, ganz genau, dass sie nichts mit dem Verschwinden des Generals zu tun hatten. Den Sensenmann schien das aber nicht zu interessieren.

Plötzlich erschütterte ein kleines Erdbeben den Saal, allerdings blieb die große Ameisenpanik zu Bruce` und Babas Bedauern aus, in der sie sich hätten heimlich davonschleichen können. Kleine Erdklumpen fielen von der Decke und eines von ihnen kollidierte direkt mit der offenen Gehirnhälfte des Star-Tenors. „Die Krähen wüten immer noch auf der Erdoberfläche. Und das ist allein eure Schuld.", verurteilte die Königin die Fangschrecke und den Marienkäfer.

Plötzlich erwachte ein neuer Charakter in Baba Schrotti, denn er gab sich auf einmal so komisch. Nicht wie ein Komiker, das hätte eine Äußerung erfordert um es zu beurteilen, sondern zunächst in seiner äußeren Erscheinung. Seine Kopfantennen bogen sich nämlich nach hinten und schmiegten sich an seine Kopfrundung. Überhaupt, seine ganze Körperhaltung veränderte sich. Kerzengerade stand er da, blickte charmant in die Augen der Königin und strahlte nur so vor Selbstsicherheit oder Selbstverliebtheit, was in diesem Moment wohl das ein und dasselbe war.

„Schuld? Welch` grausames kleines Wörtchen mit so bestialisch großer Wirkung. Ein solches Wort aus so einem liebreizenden Mund wie Ihrem, das passt doch nicht und makelt Ihrer ansonsten so vollkommenen Schönheit.", erwiderte Baba in einer Selbstverständlichkeit, die königliche Selbstverständlichkeit vermissen ließ und unleugbar, angesichts des blauen Blutes mit dem er es zu tun hatte, nach Knigge nur als frech bezeichnet hätte und mit schmerzhaften Konsequenzen geahndet werden müssen. Aber anscheinend gefiel der Königin der schneidige Auftritt des Marienkäfers, denn ihre

Wangen (oder vielmehr ihr Kauwerkzeug) erröteten kurz. Baba erkannte die Wirkung seiner Worte und setzte sogleich einen drauf. „Das einzige Verbrechen, zu dem ich mich schuldig bekenne, ist die Schönheit Eurer Exzellenz nicht schon vorher besungen zu haben. Zutiefst bedauere ich es, keine Ameise zu sein, um Ihnen zu zeigen, welch` Feuer der Leidenschaft Ihre Anwesenheit in mir entfacht hat."

Da die Königin durch diese Liebesbekundungen beinahe wie Butter in der Sonne dahin schmolz, ein verschmitztes Lächeln (und sie lächelte NIEMALS!) überkam ihr Gesicht und sie strich sich verlegen eine Antenne nach hinten, stieß urplötzlich die Prinzessin wie aus dem Nichts hinzu, die dem Treiben des Möchtegern-Casanovas selbstverständlich nicht untätig zusehen konnte. „So bewahre doch die Contenance, liebe Mutter, FRAU KÖNIGIN.", knurrte sie.

Die Königin erinnerte sich durch das Auftreten ihrer Tochter wieder an ihre Aufgaben als Herrscherin und zeigte Baba Schrotti sogleich die kalte Schulter. Dennoch konnte sie sich einen spitzen Kommentar nicht verkneifen, den sie ausschließlich ihrer Tochter zu verstehen gab. „Die Komplimente schmeicheln mir auch nur deswegen so sehr, weil dein Vater und mein Ehemann noch nie auf solch süße Art seine Liebe zu mir beteuert hat.

Nicht einmal in der Verliebtheitsphase. Die hat er einfach übersprungen!" Ihre Tochter zog eine ihrer nicht vorhandenen Augenbrauen nach oben und warf ihr mit dieser Geste alle erdenklichen Vorwürfe an den Kopf. Plötzlich fühlte sich die Königin schlecht, weil sie beinahe einem Marienkäfer, einem Staatsfeind, auf den Leim gegangen war. Ihre Tochter hatte Recht, dachte sie und weiter: „Schließlich bin ich die Königin und dazu gehört auch ein gewisser Stolz und Resistenz gegen Süßholzraspler wie diesem süßen kleinen, halbgesichtigen Marienkäfer. Obwohl seine Schmeicheleien sich andererseits richtig gut anfühlen. Aber ich muss an meinen... Mann denken...!"

Nachdem die Königin wieder einigermaßen ihre Haltung gewonnen hatte, ging das Spektakel weiter. „Sehr verehrter Marienkäfer. Meine Schönheit, auch wenn sie Ihnen aufgefallen sein mag (verlegen neigte sie ihren Kopf etwas zur Seite, um ihn dann knallhart mit eiskalter Mine abzustrafen, als sich ihre Tochter zähneknirschend in ihren Blick drängte), tut nichts zur Sache. Und auch ihre Komplimente bringen mir meinen Mann nicht wieder."

„Baba, lass gut sein. Egal was du vorhast, es funktioniert nicht, wie du siehst.", flüsterte Bruce. Jetzt fühlte sich der Marienkäfer erst recht herausgefordert und lief zur Hochform auf. „Vertrau mir.", erwiderte er im Flüsterton.

„Mit Verlaub, aber eine Frau in Ihrer Situation müsste schon verzweifelter wirken. Ich bezweifle Ihre Aufrichtigkeit. Wenn Sie ihren Mann so sehr vermissen, wie Sie vorgeben zu tun, hätten Sie uns zuerst verhört und uns hinterher diesem Spiel auf Leben und Tod ausgesetzt. Außerdem hätten Sie sagen müssen, dass meine Komplimente, die Ihnen zweifellos schmeicheln, Ihren „GELIEBTEN Mann" nicht wiederbringen. Vor allem aber wegen diesem fehlenden Wort, bezichtige ich Sie, Eure Hoheit, eine lieblose Ehe zu führen und dass Sie diesen Schauprozess nur der Formalitäten halber halten, um dem Volk einen Sündenbock zu präsentieren."

Die anwesenden Ameisen raunten durch den Saal. Noch nie zuvor hatte jemand so respektlos mit der Königin gesprochen. Einige Ameisenkinder waren den Tränen nahe. Nur Bruce war amüsiert darüber, wie sich der Marienkäfer um Kopf und Kragen redete. Baba hingegen nahm die ganze Aufregung der Anwesenden kaum wahr und zwinkerte der Fangschrecke siegesgewiss zu, wobei es sich bei dieser Geste durchaus auch nur um einen normalen Blinzler handeln konnte, weil Bruce ja nur noch dieses eine Auge besaß und er ab und zu auch eben blinzeln musste.

Schockiert sah sich die Königin zu ihrer Tochter um und tauschte verwirrte Blicke, womöglich weil sie sich ertappt fühlte. Die Prinzessin hingegen schlug so fest sie nur konnte mit ihrer Faust in die Hand, um ihrer Mutter zu signalisieren, sie solle knallhart gegen diesen Rüpel vorgehen.

„Es reicht! Wo ist mein Mann?", schrie die Herrscherin der Ameisen und übersprang dabei beinahe das Rednerpult, so aufgebracht war sie.

„Gestatten, dass ich ihre Frage mit einer Gegenfrage beantworte. Ich frage Sie, wo sich der General beim Angriff der Termiten befand? Diese Fangschrecke und ich stellten uns dem Kampf an der Erdoberfläche, obwohl wir nicht einmal Ameisen sind. Der Kolonnel und zwei seiner Ameisenwachen können dies bezeugen."

Baba freute sich wahnsinnig. In seinem halb offenem Kopf stand das Wort „Schachmatt" in großen, goldenen Lettern. Aber da hatte er sich zu früh gefreut.

„Bedauerlicherweise kann niemand der angeführten Personen irgendetwas zu eurer Entlastung beisteuern. Die zwei Wachen des Kolonnels konnten nur noch tot aus dem eingestürzten Stollen geborgen werden. Und der Kolonnel…", doch die Königin wurde durch ihre Tochter unterbrochen. Die Prinzessin trat an die

Seite ihrer Mutter, um den Satz zu vollenden. „Der Kolonnel, mein Verlobter, liegt bewusstlos auf der Krankenstation. Ob er je wieder wird, steht in den Sternen geschrieben. Und jetzt habt ihr auch noch meinen Vater auf dem Gewissen. Das alles ist ganz allein eure Schuld. Ihr habt das Recht zu leben verwirkt. Ihr müsst sterben!"

Babas Kinnlade hing für eine Weile senkrecht nach unten. Diese Wende im Prozess war gleichzusetzen mit ihrem Todesurteil. Außer dem Kolonnel konnte niemand mehr bezeugen, dass sie ehrenhaft waren und Seite an Seite mit den Ameisen gekämpft hatten (wenn auch auf unkonventionelle Art).

„Also, was habt ihr mit meinem Mann angestellt?", fragte die Königin, aber in solch` einem scharfen Ton, der ihre große Ungeduld verriet. Wenn Baba es nicht schaffen konnte sie zu zähmen, war es das dann wohl für die Beiden.

„Wenn ich eine so hübsche Frau hätte wie der General, so ein Prachtweib, warum, frage ich euch alle, warum hat er nicht seine liebreizende Gattin, immerhin die wichtigste Person des Staates, durch persönliche Anwesenheit geschützt? Ich an seiner Stelle, hätte Sie von Herzen mit meinem Leben beschützt, Eure Hoheit."

„Es reicht wirklich!", schnaubte die Königin und die Ameisenwachen schlugen auf den

Marienkäfer ein. „Wo ist nun mein Mann? Und überlegt Eure nächste Antwort sehr wohl, denn es könnte die letzte sein."

Baba richtete sich von dem Hagel an kassierten Schlägen, der über ihn eingebrochen war, wieder auf. „Da ich es genauso wenig weiß wie Ihr, Eure Durchlaucht, kann ich Ihnen darauf keine Antwort geben. Nur frage ich mich, wo er, der General, all die Tage, Wochen und Monate gewesen ist, wo sie tapfer ein Ei nach dem anderen gelegt haben und dieses (Baba drehte seinen Kopf leicht ab und biss sich auf die Lippen) wunderbare Ameisenvölkchen geschaffen haben?"

Diese Rede traf die Königin mitten ins Herz. Dieser selbstverliebte General hatte für die Geburten seiner Kinder nicht viel übrig oder um die Gefühle seiner Frau. Dennoch konnte die Königin nicht nachgeben, auch wenn es stimmte, was der Marienkäfer von sich gab. „Ja aber...", warf die Königin ein.

„Nichts aber.", konterte Baba, der sich in seinen Ausführungen nicht stoppen ließ. Er dachte, je länger er redete, desto länger lebte er. Und so war es auch. Er wusste, dass er mit seinen Andeutungen Recht behielt und versuchte, die Gefühle der Königin ans Tageslicht zu befördern. Und so stocherte er immer weiter in das Hornissennest der Gefühle Ihrer Majestät.

„Welchen Gewinn hätten sie denn, wenn sie um des Wohls ihres Gatten wüssten, außer, dass er Eure Truppen befehligt und das auch noch falsch, wenn ich mir den Ausgang der Schlacht mit den Termiten so ansehe".

„Er ist immerhin mein Ehemann."

„Achso, ist „Ehemann" nun ein Titel, der über alle Zweifel erhaben ist?"

„Nein."

„Sehen Sie. Der General hat auf dem Schlachtfeld nur durch seine Abwesenheit geglänzt. Da kein Soldat ihn auf dem Schlachtfeld je zu Gesicht bekommen hat, wo er es doch ist, der dort seine Kämpfer befehligen sollte, so zwängt sich mir ein Gedanke auf. Kann es nicht so gewesen sein, dass Ihr Ehemann, der General, sich wie ein Feigling davongemacht hat?"

„Das ist eine böse Unterstellung, die Sie nicht beweisen können."

„Genau so wenig, wie Eure Majestät nicht beweisen können, dass mein Mandant und ich Ihrem Mann etwas angetan haben. Und trotzdem werden wir zum Tode verurteilt. Ohne Beweise, ohne Indizien. Dabei dürfte Ihnen doch bei Ihrer ausgeprägten Beobachtungsgabe nicht entgangen sein, dass unsere, mein Mandant und meine, körperliche Verfassung doch gar nicht in der Lage wäre, weder mit vereinten Kräften, den General, den stärksten Mann dieser Ameisenkolonie, auch nur den geringsten Fühler zu knicken. Das dürfte ja wohl jedem hier im Saal einleuchten."

Einige prozesslustige Ameisen fingen an, die Anklage zu überdenken und riefen vereinzelt von den Tribünen „Lasst sie gehen!" oder „Unschuldig"! Die Unterstützung, die Baba erfuhr, gab ihm Kraft, um der angeschlagenen Königin, die jedem Zwischenruf mit ihrer Tochter erschrocken nachguckte, den prozessualen Todesstoß zu verpassen.

„Und wenn ich mir hier so manchen Burschen anschaue, der aus Ihrem prächtigen Hinterleib entstanden ist, dann komme ich zu dem Schluss, dass die wenigsten aus Liebe gezeugt sind." Baba deutet auf die rüpelhafte Wache, die hinter ihm stand, wofür er von ihr eine weitere Schelle kassierte. „Und daher Eure Exzellenz, legen Sie gar keinen großen Wert darauf, den General wieder an Ihrer Seite ertragen zu müssen."

Die Königin stand kurz vor einer Explosion ungeahnten Ausmaßes. „Ruhig Mutter, ruhig.", versuchte ihre Tochter sie zu besänftigen, doch dann sprudelte es doch aus ihr heraus. „Sie haben ja so Recht, verehrter Marienkäfer. Sie haben mich überführt. Ich habe meinen Mann nie geliebt, wie er mich nie geliebt hat. Es war eine arrangierte Hochzeit, wie es bei Ameisen üblich ist. Um ehrlich zu sein, ich hasse den General, von ganzem Herzen. Dieser gefühlskalte Wichtigtuer hat den ganzen Tag nichts außer Krieg im Sinn. Meine weiblichen Bedürfnisse blieben seit jeher immer auf der Strecke. Aber so läuft das nunmal in der Ameisenwelt. Meine Mutter musste schon in dieser Lüge leben und ihre davor und so weiter. Die Natur verlangt ihre Opfer und das ist eben unseres."

Das Publikum war zunächst erschrocken, dann erzürnt und allmählich von der Ehrlichkeit der Königin durchaus berührt.

„Aber dieser junge Mann...", warf Baba ein und zeigte auf Bruce, „... ist der lebende Beweis, dass man seine Natur nicht unkritisch hinnehmen darf oder kann. Er hat mich verschont, obwohl seine Spezies ein Mordinstrument par excellents ist. Aber seht her, ich lebe. Wenn Bruce seine Natur bekämpfen kann, dann können wir das alle. Lasst uns die Grenzen sprengen, die uns Gott aufgehalst hat. Lasst uns lieben, wen wir lieben wollen und nicht wen wir müssen. Lasst uns in Frieden leben. Keiner muss heute sterben, naja, bis auf die unzähligen Ameisen und Termiten die an diesem Tag bereits den Tod gefunden haben. Lasst uns eine neue Spezies sein, lasst uns ein naturtrotzender, gutmütiger, Esanbeter sein!"

Die Menge tobte, jubelte und freute sich. Auch Bruce war von der Stimmung ergriffen und vergaß einen Augenblick seinen Hunger. Gemeinsam winkte er mit dem Marienkäfer der Menge zu. Von der Euphorie gepackt, verbeugten sich Baba und Bruce, wobei der winzige Erdklumpen aus der offenen Gehirnhälfte fiel und sich der Marienkäfer plötzlich wieder zu seinem eigentlichen Charakter zurückverwandelte.

„Was ist hier los?", fragte er irritiert und über die Maßen ängstlich. Er hatte nichts von seinem grandiosen Auftritt mitbekommen und seine Selbstsicherheit war wie weggeblasen. Sein gesamtes sicheres Auftreten büßte er durch seine theatralische Verbeugung ein, als plötzlich eine Soldatentermite mit einer Geisel den Saal betrat. „Das ist ja mein Mann!", rief die Königin erschrocken. Alles wurde still.

„Greift die Termite ja nicht an. Sie wird sich sonst sprengen (Termiten haben einen erstaunlichen Abwehrmechanismus, so können sie ihre eigenen Körper sprengen und so ein toxisches Gift verspritzen, wobei sie selbst jedoch sterben - Anm. des Autors) und viele von uns mit in den Tod reißen!", stöhnte der General, dessen Kopf zwischen den Hauern der Termite gezwickt lag.

Kapitel 15 – Eine unerwartete Fluchtmöglichkeit

Keine Ameise rührte sich. Selbst die so wortgewandte Königin, der man nachsagte, sie sei nicht gerade auf den Mund gefallen, machte keine Anstalten, auch wenn es in dieser Sache formal um ihren (noch) Ehemann ging. Doch irgendwie schien sie nach der Darbietung des Marienkäfers, der so männlich und animalisch auf sie wirkte, ein flirtendes Auge auf ihn geworfen zu haben.

Bruce und Baba verhielten sich ebenso mucksmäuschenstill. Niemand wollte riskieren, den Geiselnehmer in irgendeiner Weise zu provozieren, da jede unbedachte Handlung oder Bewegung eine Katastrophe ungeahnten Ausmaßes auslösen konnte. Denn bei einem Selbstmordattentat konnte es jeden treffen (vielleicht nicht unbedingt diejenigen, die auf den Tribünen ganz oben standen, aber auch sie glichen Statuen, weil niemand für den Tod eines anderen verantwortlich sein wollte, schon gar nicht für die Kinder, die der Situation am nächsten standen).

Bis auf das von Angst erfüllte Kiefer des Marienkäfers, welches lauter klapperte als das Schwanzende einer Klapperschlange, hallte kein Ton durch den Saal.

Die bis zur Zerreißprobe angespannte Termite, die mit Sicherheit einen anderen Weg einschlagen wollte, als in dieses Kolosseum voller Erzfeinde einzudringen, ergriff schweißnass das Wort. „Der Stollen nach draußen ist eingestürzt. Ich will niemanden Leid zufügen, aber bei Gott... (Bruce stöhnte ein leises „Jetzt geht das schon wieder los.", und verdrehte seine Augen) ...ich werde das Nötige tun, um euch alle mit in den Tod zu reißen, wenn man nicht tut, wonach ich verlange. Eigentlich will ich nur so schnell wie möglich weg von hier. Aber dieser General nennt mir keinen Ausweg aus diesem Labyrinth von Irrwegen und Sackgassen. Wo also befindet sich der nächste Ausgang?", wollte sie wissen und hörte sich dabei so an, wie ein Troll, der beim Sprechen das Gelbe eines Ü-Eis in seinem Mund aufbewahrte. Mit jedem Wort schnitt sie dem General ein Stückchen weiter in den Hals, weshalb dem General nicht nach langer Konversation zwischen der Termite und den Ameisen war, da er sich absolut sicher war, dass der Geiselnehmer seinen Kopf niemals loszulassen gedachte. Zumindest solange nicht, bis er die Freiheit geschnuppert hätte.

„Sie wären verrückt, jetzt nach draußen zu gehen.", fing die Königin an zu sprechen. „Dort oben wüten gerade unzählige Krä...". Doch Bruce unterbrach die Königin, mitten im Satz. „Termite, glaubt ihr kein Wort. Sie würde doch niemals die Wahrheit sagen. Schließlich will sie das Leben ihres geliebten Mannes retten."

„Nein, will ich nicht... also doch, ja, schon irgendwie...", stotterte die Königin.

„Glaube mir, Termite. Diese Frau führt gewiss nichts Gutes im Schilde. Da ich und mein Freund hier selbst Geiseln dieser Ameisen sind, werden wir dir helfen hier herauszukommen. Dürfen wir uns dir anschließen?" Baba flüsterte zu der Fangschrecke: „Was machst du denn da? Diese Termite ist der Beweis für unsere Unschuld." Aber Bruce zwinkerte ihm nur hoffnungsvoll zu, so als wollte er ihm sagen, dass er schon wisse, was er täte. Der Marienkäfer sah das allerdings ganz anders, was sein verzweifelter Gesichtsausdruck allemal bewies.

Die Termite musste nicht lange überlegen. „Jeder Feind meiner Feinde ist mir in diesem Moment willkommen. Also kommt schon her!" Beim Sprechen biss sich die Termite ungewollt mit ihren Hauern immer weiter durch den Hals des Generals, der kaum mehr ordentlich Luft bekam. „Irgendwo in diesem Ameisenhaufen muss es doch wohl ein Hintertürchen geben. Ich meine einen Geheimweg, der nur bei größter Gefahr genutzt wird.", sagte Bruce, der selbst erstaunt über seine Intelligenz war, obwohl er noch nie eine Schule von innen gesehen hatte, geschweige denn etwas von

Architektur wusste, noch die blasseste Idee von Geheimgängen in Festungen gehabt hatte. Naja, von dieser Eingebung einmal abgesehen.

„Ja, so einen gibt es.", gab die Prinzessin zu. „Aber bitte, tötet meinen Vater nicht.", flehte sie. „Du wirst uns diesen Weg zeigen und keiner wird uns folgen. Sonst... ihr kennt ja Gott und seine Strafen.", machte Bruce von sich hören.

„Diese Fangschrecke weiß aber, wie man eine Geiselnahme erfolgreich durchführt.", murmelte die Termite freudig, zum Leidwesen des Generals, der einmal mehr am Hals gebissen wurde. Der Star-Tenor erinnerte sich zwangsläufig daran, wie Bruce ihn am Anfang der Reise gewaltsam dazu bewog, mit ihm mitzukommen. „Ein richtiges Naturtalent.", pflichtete Baba mit rollendem Auge der Termite bei.

Während die Bande, angeführt von der Prinzessin, in einem Geheimgang, der so gut versteckt war, das man ihn nur als hervorstehende Wölbung an der Wand hätte wahrnehmen können, hinter dem Thron der Königin verschwand, war die Aufregung im Saal sehr groß. Besonders der General stöhnte immer wieder „Nein! Ihr macht einen großen Fehler!", während er vergeblich versuchte sein Haupt durch das Stemmen all seiner Gliedmaßen gegen den übergroßen Termitenschädel zu befreien. Was nur zur Folge hatte, dass die Termite seine

Scheren noch enger um seinen Hals legte, wodurch er kaum mehr imstande war, zu keuchen geschweige denn zu sprechen.

Alle im Saal wuselten und hudelten, aber niemand nahm die Verfolgung auf. Die Wachsoldaten machten ihnen anstandslos Platz, nachdem die Königin es mit einer nickenden Kopfbewegung bewilligt hatte. Als die Gruppe an der Herrscherin vorbeikam, küsste sie Baba innig (Der General hatte davon nichts mitbekommen, da die Termite bereits an seiner Ehefrau vorbeigegangen war. Dafür wurden tausende Ameisenaugen Zeugen dieses Speichelaustausches). Baba, der diese Geste (von Geste konnte gar keine Rede sein, so viel Zunge war da im Spiel) gar nicht verstand, ließ das nasse Spektakel einfach über sich ergehen, ohne jegliche äußerliche Regung (naja, es regte sich schon etwas, wenn ihr wisst was ich meine, aber das würde sich ein Baba Schrotti niemals zugestehen, zumal in seiner und der Vorstellung der Natur, Marienkäfer und Ameisen kein perfektes Match ergäben – Anm. d. Autors.). „Ich hoffe wir werden uns wiedersehen.", flüsterte sie ihm zu und übergab ihm eine Nachricht, gefaltet aus einem Blatt, als er als letztes der Gruppe in dem Geheimgang verschwand und die Wachen wieder die mächtige Erdkugel davorschoben.

Ein dunkler Korridor erstreckte sich vor ihnen. Lange Spinnweben, die schon lange ihre Klebewirkung eingebüßt hatten, hingen von der Decke und legten sich mit jedem Schritt, den sie durch den Gang wagten, jedes Mal von Neuem, wie ein Schleier über ihre Gesichter. In ihrer eingeschränkten Sicht konnten sie ihren jeweiligen Vordermann nur erahnen. Hinzu kam ein übelriechender, modriger Gestank, der ihnen um die Nasen wehte. Sie befanden sich einstimmig wohl in einer dermaßen beklemmenden Situation, dass die Angst leichtes Spiel mit ihnen hatte und genussvoll ihren Schabernack mit ihnen trieb. „Sicher, dass das hier ein Fluchttunnel ist?", fragte die Termite verunsichert, was Babas schlottrige Knie bereits zum Anlass nahmen, umzukehren, er aber vor verschlossenem Eingang stand, den er niemals ohne fremde Hilfe öffnen hätte können. „Würde ich angesichts der Geiselnahme lügen?", entgegnete ihr die Prinzessin, die im Hinblick dieses verwahrlosten Tunnels selbst nicht so arg daran glauben mochte, dass dieser Weg auch nur ansatzweise sicher war, geschweige denn in die hochgepriesene Freiheit mündete. Eines jedenfalls war offensichtlich: Der heruntergekommene Tunnel bewies allemal, dass er schon lange nicht mehr von den Ameisen genutzt wurde, oder zumindest, dass der Saubermach-Trupp irgendwo in diesen Gefilden verschollen war. Aber egal welchen Grund es hatte, dass es hier so aussah, es musste ein verdammt guter gewesen sein.

Hustend und des Gestanks überdrüssig, bahnten sie sich langsam ihren Weg durch die alten Gemäuer, Meter für Meter, immer weiter. Mittlerweile ging die Fangschrecke an der Spitze der Gruppe, die mit ihren Klauen für alle die nicht aufhören wollenden Spinnenfädenwände zerschnitt, dicht gefolgt von der Termite mit dem eingezwickten General, die ihn so fest hielt, dass sie ihm beinahe die Luftzufuhr kappte und er sich daher kaum mehr bemerkbar machen konnte, dahinter die Prinzessin und der Marienkäfer.

„Stimmt es, dass die Gottesanbeterin dein Leben verschont hat? Ich meine nicht euren offensichtlich vorgetäuschten Kampf in der Arena, sondern schon davor.", wollte die Thronfolgerin wissen. „Seit er auf der Welt ist, hat er nichts gegessen. Da kam ich ihm über den Weg gelaufen und er war der Versuchung nahe. Er biss mir in den Kopf, aber ließ dann von mir ab, weil er niemanden töten wollte. Dann schwor er, immer für mich da zu sein. Seit unserer Begegnung sehe ich zwar aus wie ein wandelnder Unfall, aber ich habe dadurch trotzdem das Wertvollste gewonnen, was mir dieses Leben bieten konnte: einen Bruder fürs Leben."

Und so marschierten sie den schier endlosen Weg entlang, Schritt für Schritt und ahnten dabei nicht, welches Drama sich zur selben Zeit im Thronsaal abspielte, den sie bereits weit, weit hinter sich gelassen hatten.

Die Königin ging nervös in ihrem Thronsaal auf und ab. Irgendetwas schien ihr nicht zu behagen, aber sie wusste nicht, was es war. Trotzdem stieg in ihr ein unbehagliches Gefühl hoch, als sie die Erdkugel betrachtete, die den Geheimausgang wieder verschlossen hielt.

Aufmerksam studierte sie die massive Kugel, die nun wieder an ihrem Platz saß. Vorsichtig strich sie mit ihrer Hand über die nun eingefasste Wölbung an der Wand. Erst jetzt ertastete sie die vielen feinen Risse, die sich über ihrer ganzen Oberfläche durchzogen, aber vom Staub her kaum mehr zu erkennen waren. Sie wedelte wie wild mit ihren Händen und legte jeden einzelnen Riss frei. Als sie das Kunstwerk betrachtete, schlug sie erschrocken ihre Hände über den Kopf zusammen (was aufgrund der beschränkten Armlänge nicht so recht klappen wollte). „Das Siegel, es ist gebrochen!", flüsterte sie todesängstlich.

Und plötzlich viel es ihr wieder ein. „Wachen, öffnet den Geheimausgang! Sie laufen geradewegs in ihr Verderben!"

Auf einmal tauchte unverhofft der Kolonnel neben ihr auf, der die Krankenstation humpelnd verlassen hatte, nachdem er von einem der

Wachsoldaten über das Geschehene unterrichtet wurde. Er konnte sich zwar kaum auf den eigenen Füßen halten, aber als Thronfolger sah er es als seine unerschütterliche Aufgabe an, die Prinzessin persönlich zu retten. Entschlossen blickte er auf den verschlossenen Geheimausgang. „Was habt ihr getan?", flüsterte er entsetzt. „Habt ihr denn das Siegel nicht gesehen, bevor sie diesen Höllenpfad eingeschlagen haben?", schrie er die Königin wütend an. Die Herrscherin erschrak sich fürchterlich, denn sie hatte ihren Schwiegersohn zunächst nicht bemerkt. „Ich bitte um Vergebung.", bat sie und senkte ihre Kopfantennen.

Doch der Kolonnel schritt nur kalt an ihr vorbei, nahm sich einige Soldaten als Geleit und schnappte sich die Lanze, die Baba kurz zuvor noch im Schaukampf genutzt hatte und im sandigen Boden zu seinen Füßen lag. Dann betrat er als erstes den Geheimausgang. Seine Augen blitzten voller Zorn und alles woran er denken konnte, war die Vernichtung von Baba und Bruce.

„Meine Verlobte, verschleppt von dieser Möchtegern-Fangschrecke und diesem erbärmlichen Marienkäfer! Wie konnte ich ihnen nur Vertrauen schenken? Hätte ich sie doch getötet, als ich es noch konnte! Diesmal werde ich keine Gnade kennen.", dachte er und malte sich in seinem geistigen Auge bereits aus, welches Wohlgefühl ihn in dem Moment überkommen würde, wenn er die Lanze in ihre erbärmlichen Körper stach und ihnen beim Verbluten zusah.

Wie vom Wahn gepackt, verschwand er im Gleichschritt mit seinen Soldaten im Dunkeln des Geheimausgangs, um seinen Vernichtungsfeldzug gegen Baba und Bruce zu beginnen.

Kapitel 16 – Der Pfad des Todes

Weit abseits des Eingangs setzte die Gruppe ihren Weg fort. Bruce zerschnitt unzählige dieser alten Spinnennetze, die sich ihnen in den Weg stellten. Eigentlich waren sie Vorboten des Bösen, an diejenigen gerichtet, die so töricht sein sollten, diesen Weg einzuschlagen. Wie kam da überhaupt jemand auf die törichte Idee, trotz dieser offensichtlichen Warnhinweise, so einen unheilvollen Ort zu besuchen, dachte Bruce insgeheim und nahm die Prinzessin scharf ins Visier. Doch gelegentlich aufkommende Bedenken weiterzumarschieren, erstickte sie durch ihre bloße Anwesenheit im Keim. Denn warum sollte sich die Thronfolgerin, falls sie der Weg in eine heimtückische Falle locken sollte, selbst dieser Gefahr aussetzen, folgerte er und wusch sich mit dieser Schlussfolgerung allerlei Bedenken von seinem Gemüt.

So wanderten sie weiter in der Dunkelheit, die durch fahles Licht, von Zeit zu Zeit durch winzig kleine Löcher an der Decke, etwas aufgehellt wurde, aber gerade nur so viel Helligkeit zuließen, dass sich ihnen der Anblick ihrer Route noch gespenstischer darbot.

Plötzlich veranlasste ein unheimliches Rasseln, das durch die Weiten des Gangs hallte und aus dem Verborgenen vor ihnen kam, die Gruppe zum sofortigen Stillstand. „Was war das?", fragte die Prinzessin sichtlich nervös, was alle Anwesenden beunruhigte. „Jetzt nochmal von vorn. Bist du dir wirklich absolut sicher, dass das hier ein Geheimausgang ist. Die Spinnennetze verheißen nämlich überhaupt nichts Gutes. Außerdem scheint hier auch schon seit ewigen Zeiten niemand mehr durchgegangen zu sein.", flüsterte Bruce an vorderster Front. „Vielleicht gab es in unserer Ameisenkolonie bisher keinen Anlass zur Flucht. Als ich klein war, wurde ich in einer stürmischen Nacht von einem mächtigen Donnergrollen aufgeweckt, woraufhin ich auf der Suche nach meinen Eltern das Schlafgemach verließ. Ich wanderte bis in den Thronsaal, wo ich meinen Vater vorfand, der soeben aus dem Geheimausgang gerannt kam. Doch ehe ich ihm noch zurufen konnte, packte mich meine Amme am Arm, die mein Verschwinden mitbekommen hatte. Während sie mich wieder zu Bett begleitete, drehte ich mich noch einmal zu meinem Vater um, und sah, wie er diesen Geheimausgang versiegeln ließ. Und wenn das hier ein Todespfad sein sollte, dann hätte mich meine Mutter ja nicht einfach so mitgehen lassen, oder?", entgegnete ihm die Prinzessin, die an ihren

Worten keinen Zweifel aufkommen ließ, bis ein weiteres Rassel-Echo hörbar wurde und sie sich besorgt an den Marienkäfer klammerte. Baba, der ganz hinten in der Reihe stand, blickte sich indes bei jedem noch so kleinem Geräusch jedes Mal verunsichert um und schielte ängstlich in die Richtung, die sie bereits hinter sich gelassen hatten.

„Lieber Herr Termite…", fing Bruce zum Geiselnehmer gewandt an. „Ich heiße Burt.", korrigierte sie ihn stammelnd, denn der Kopf des Generals steckte noch immer zwischen seinen Scheren. „Also gut… Burt.", fuhr Bruce genervt fort und weiter: „Wir sollten den Vater der Prinzessin befragen, was es mit diesem Gang auf sich hat. Er war es schließlich auch, der diesen Gang versiegelt hat und weiß am besten, welche Gefahren hier auf uns lauern. Bitte lass ihn los, damit wir kurz mit ihm sprechen können." Die Termite jedoch weigerte sich. „Das ist doch ein abgekartetes Spiel. Ein ganz mieser Trick, um mich dann zu überwältigen. Dieser General zwischen meinen Klauen ist die einzige Lebensversicherung, die ich besitze. Das könnt ihr nicht von mir verlangen! Wenn wir das Ende dieses Gangs erreicht haben, lasse ich ihn los. Ihr habt mein Wort."

Plötzlich hallten weitere ungewöhnliche, aber deutlich hörbare Geräusche durch den Gang. Aber diesmal schienen sie von hinten an sie heranzukommen. Und das immer schneller. Der Marienkäfer sah aus der Ferne Schatten durch den Korridor huschen. „Lauft!", rief Baba erschrocken. „Da kommt irgendetwas auf uns zu."

Es waren die Wachen und Soldaten Ihrer Majestät die, auf Order des Kolonnels hin, den Geheimausgang stürmten, um die Prinzessin und ihren Vater (und notgedrungen auch die Kidnapper) vor den Gefahren, die dieser Stollen barg, zu retten. Leider wusste es die Gruppe um Bruce nicht besser. Sie sahen ihre Leben bedroht und tauchten nun noch weiter in zügigem Tempo in den furchteinflößenden Gang hinein.

„Schnell, beeilt euch!", rief Bruce sich zu seinen Weggefährten umdrehend, die nicht so schnell konnten, wie er, weil die Termite, Burt (sie bestand auf ihren Vornamen), die den General noch immer nicht loslassen wollte, die anderen beiden, die sich hinter ihm durch den Korridor schlängelten, behinderte. Sie konnten ihn ja auch nicht einfach überholen, denn so viel Platz gab der Durchgang leider nicht her.

„Wäre jetzt nicht der passende Moment, den General endlich loszulassen!", befahl die Fangschrecke und deutete auf die gespenstischen Laute, die ihnen dicht auf den Fersen lagen. Die Termite, Burt, guckte kurz Bruce mahnende Mine an und dann in die erwartungsvollen Gesichter, die hinter ihm lauerten. „Also gut!", sagte er und durchtrennte versehentlich beim Sprechen das letzte bisschen Hals des Generals. Noch ehe die Termite ihr Kauwerkzeug spreizte, fiel der Kopf des Ameisengenerals in den modrigen Untergrund und kurz darauf sein lebloser Körper.

Das blanke Entsetzen überkam die Prinzessin, Bruce und den Marienkäfer. „Das wollte ich nicht, ehrlich!", beteuerte die Termite, Burt. Doch auch wenn sein Mitleid aus ehrlichen Gefühlen stammte, machte das den General auch nicht wieder lebendig.

Trauernd viel seine Tochter auf die Knie und weinte bitterliche Tränen. Aufstehen und weiterrennen, kam ihr nicht mehr in den Sinn. Das wusste auch Baba und sah ihr Leben bedroht: „Prinzessin, ich kann Euren Schmerz fühlen.", meinte er. Doch sie sah ihn gleichermaßen skeptisch wie traurig an. „Wirklich? Wie soll das gehen. Schließlich hat diese mobile Guillotine gerade den Kopf meines Vater durchtrennt." Sie blickt bitterböse zu der Termite, Burt, hinüber, die nun am liebsten Reißaus genommen hätte. „Nein im Ernst.", beteuerte Baba, „Seht meine Schädeldecke an. Da ist zum Teil keine. Und genau dieser fehlende Teil schmerzt. Vielleicht ist das nicht ganz dasselbe, da mögt Ihr Recht haben. Aber wenn Euch Euer Leben teuer ist, dann ist jetzt nicht der richtige Zeitpunkt um zu trauern. Wir werden Eurem Vater einen gebührlichen Abschied bereiten, wenn wir hier heil davongekommen sind. Das verspreche ich Euch. Aber im Moment ist uns Irgendwas auf der Schliche, das nach unserer aller Leben trachtet." Die tröstenden Worte des Marienkäfers schien das blaue Blut der Durchlaucht zumindest zu beruhigen. Nur noch ein leises Wimmern war zu vernehmen, bis Baba ihr unter die Arme griff um sie aufzurichten.

„Königsmörder!", schrie sie die Termite, Burt, plötzlich in völliger Verzweiflung an, während sie wutschnaubend auf ihn eindrosch. Ihr Verzweiflungsruf breitete sich durch den ganzen Stollen aus. Auch der Kolonnel, der wagemutig seine Soldaten durch diesen unheilvollen Ort anführte um seine Holde aus den Fängen der **BABAren** (tja, wer hätte noch vor ein paar Seiten gedacht, dass der geneigte Leser mit diesem Wort nun für immer an einen Marienkäfer mit Persönlichkeitsstörung erinnert wird) zu befreien, hörte das Echo seiner zukünftigen Gemahlin. Von nun an gab es kein Halten mehr für ihn und seine Kriegsgefährten. „Angriff!", schrie der Kolonnel und stürmte mit seiner nach Blut gierenden Horde der nichtsahnenden Gruppe entgegen.

Baba hatte derweil alle Hände voll zu tun, die Prinzessin wieder zu beruhigen. „Seid doch still Eure Hochwohlgeborene!", versuchte Bruce einzuschreiten. Aber leider war es da bereits zu spät. Der aufgewühlte Marienkäfer, die ausgeflippte Prinzessin und die Klageschreie der Termite, Burt, weckten nicht nur die Angriffslust des Kolonnels, sondern auch das Interesse der Bestie, die hier unten lauerte, unsichtbar für ungeschulte Augen, eingehüllt im Mantel der unheilvollen Dunkelheit. Das widerliche Rassel-Geräusch machte sich ihnen wieder bemerkbar, aber lauter als je zuvor.

Denn diesmal stand die Ursache dieses todbringenden Geklappere gleich dabei.

Kapitel 17 – In der Zwickmühle

Die Finsternis ließ ihren Augen nicht viel Spielraum, das zu erfassen, was sich gerade Unheimliches vor ihnen auftat. Von dem, was hinter ihren Rücken passierte, ganz zu schweigen.

Obwohl Bruce und die anderen fast blind waren, spürten sie die Anwesenheit eines unheilvollen Wesens, das sich perfekt an die Verhältnisse der ewigen Nacht hier unten im Stollen angepasst hat. Und das nur aus einem einzigen Grund – jeden zu töten, der sich selbst seines Verstandes beraubt haben musste, um diesen Ort der Vernichtung aufzusuchen.

Dieser Jäger, der sich von der schwarzen Umgebung so wenig abgrenzte, wie ein Tropfen Wasser im Ozean, witterte seine Opfer bereits seit ihrer wahnwitzigen Idee, den Stollen zu betreten. Die gespaltene Zunge, die immer wieder zwischen den spitzen Giftzähnen herausfuhr, hat es der Bestie verraten. Sie schmeckte ein kaum wahrnehmbares Aroma auf ihren Zungenspitzen. Ja richtig gelesen, ZungenspitzeN (Plural). Vom Hauch des Luftzugs wurde dieses durch den gesamten Korridor getragen, ab dem Zeitpunkt, als die Palastwachen das Siegel im Thronsaal verschoben hatten, um den Eingang zu öffnen. Und dieses laue Lüftchen alleine genügte, um die Jagdtriebe des ewig auf Beutetiere lauernden Geschöpfs zu aktivieren.

Durch die sensiblen Sinnesorgane des verborgenen Jägers, die sogar imstande waren die Schallwellen der zahlreichen, vorsichtig tapsenden Schritte der einfallenden Gruppe im modrigen Untergrund über viele Meter weit durch die Wände zu erfühlen, konnte das Biest nicht nur die genaue Anzahl der Eindringlinge in sein Revier abschätzen, sondern auch ihre Angst wittern. Eine Angst, die man vielleicht vor seinem eigenen Gesicht verstecken konnte, aber niemals vor seinen eigenen, zittrigen Beinen.

Niemand der Gruppe bewegte sich oder gab einen Mucks von sich. Selbst die Prinzessin, die nach ihrem tragischen Verlust einen hysterischen Anfall erlitten hatte, hielt sich ob der tödlichen Bedrohung ihren von hyperventilierenden Atemzügen gebeutelten Mund zu – mit Babas Händen, die nun mehr als nur von ihrer Spucke eingesaut waren. Ihr gesamter Speichel tropfte von seinen windigen Ärmchen auf den Boden und hinterließ regelrechte Pfützen.

Bruce vernahm ein bedrohliches Zischeln aus dem dunklen Tunnelstück, welches vor ihnen lag.

„Dasss Sssiegel! Esss wurde gebrochen." Eine grauenvolle Stille machte sich breit, die dann noch grauenvoller unterbrochen wurde.

„Dasss bedeutet Aussslöschung und Todessskampf!"

Bruce bäumte sich auf und hielt seine Klauen kampfbereit vor sich. Er war bereit, sich dem mystischen Wesen zu stellen, dessen Konturen immer mehr Form annahm, als es langsam aus dem Schatten huschte. Und dann zeigte es seinen abstoßenden, monströsen Kopf und mit ihm die Chancenlosigkeit, sich heil aus der Affäre ziehen zu können.

Die Augen der Schlange, an der es rein körperlich betrachtet schon kein Vorbeikommen gab, starrten zunächst Bruce die Fangschrecke akribisch an, der wegen des grässlichen Anblicks seinen Kopf wegdrehte und zeitgleich mit seinen im Vergleich winzigen Scherenärmchen herumfuchtelte, um bedrohlich und furchteinflößend zu wirken. Dabei hinterließ er mit seinem rhythmischen Zittern eher den Eindruck eines Pianisten ohne Klavier, als die notwendige und dringend benötigte Kampfansage à la „Ich kämpfe bis zum Tod und nehme dich dabei mit! Koste es was es wolle!". Dann wanderte ihr Blick über seinen Körper hinweg zur Ameisenprinzessin, die liebevoll den abgetrennten Kopf ihres Vaters in ihren Armen hielt, während sie mit ihrem Hinterleib auf die Termite, Burt, zielte, bereit ihn mit einem Säureangriff aufzulösen. Die Termite, Burt, wiederum wähnte sich hinter dem Rücken des gesichtslädierten Marienkäfers in Sicherheit, hielt ihn wie ein Schutzschild vor sich und flüsterte über die Seite zur Hochwohlgeborenen: „Wenn du abdrückst, sterben wir beide. Ich hoffe das ist dir klar!"

(Dramaturgische Pause, bevor es im Text weitergeht!)

(Weiter im Text →)„Wasss zum Teufel ssseid ihr denn für ein abnormaler Haufen?", stichelte die Schlange sichtlich verwundert über das, was ihre wachen Augen da sahen. Und es zeichnete sich ein leichtes Lächeln in ihren Mundwinkeln ab. „Ich", fuhr das böse Wesen fort, „entssstamme dem sssiegesssssssicheren Gessschlecht der Kriechen. Wir kriechen leissse, wir kriechen anmutig, wir kriechen um zu überleben. Ssseit Jahrmillionen kriechen wir Kriechen mit erhobenen Hauptesss über die Erde. Ich bin ein stolzsser Krieche, der ssseinen Vorfahren alle Ehre macht. Doch wasss um allesss in der Welt ssstellt ihr da?"

Die Gruppe musterte sich darauf gegenseitig mit nichtssagenden Blicken. Sie erkannten nicht die außergewöhnliche Konstellation ihrer Gruppe. Wahrlich, so eine Herde sah man in der Natur nicht alle Tage. Selbst Siegmund Freud, der wohl bekannteste Neurologe und Tiefenpsychologe der Welt, hätte sich bei einer Psychoanalyse die Zähne ausgebissen, ach was schreib ich, ausgeschlagen. Obwohl er zumindest Babas Gehirn gewissermaßen und wörtlich gemeint einsehen hätte können. Und Charles Darwin, der wohl populärste Naturwissenschaftler und Begründer der Evolution, hätte sich bei diesem Anblick im Grabe umgedreht, widersprach die Freundschaft zwischen Bruce und Baba doch allen herrschenden Naturgesetzen. Von daher hätte er diesen, euren, Augenzeugenbericht als pure Fantasterei abgetan. Wenn also nicht mal die klügsten Köpfe der Welt bestimmen konnten, was zum Teufel da vor sich ging, dann konnte es niemand. Am wenigsten Bruce, die Prinzessin, die Termite, Burt, und Baba selbst. Somit blieb die erleuchtende Antwort für alle Beteiligten aus, weswegen unsere heroische Gruppe nur ihre Schultern in, „was interessiert es mich - Manier" zuckten. (Der ein oder andere aufmerksame Leser entdeckt hier zum wiederholten Male eine kleine anatomische Abweichung, die der Wirklichkeit nicht standhalten kann. Aber das tut der Geschichte natürlich keinen Abbruch, im Gegenteil sie geht ja nach diesem Satz weiter.) Es war nun mal, wie es war. Ihr Zusammenkommen hatte einen Sinn. Wenn auch die Sterne noch auf Hochtouren daran tüftelten, welchen eigentlich.

„Ssso einen armsssseligen Anblick habe ich ja noch nie gesssehen.", sagte die Schlange mit einem immer breiter werdenden Grinsen im Gesicht, welches sich bald als lauthalses Lachen entpuppte. Und Schlangen bestanden bekanntlich nur aus Hals, weswegen das Gelächter noch kraftvoller schallte, als bei anderen Tierarten (die Giraffe ausgenommen).

Der Kolonnel und seine bis an die Zähne bewaffneten Soldaten (die Zähne waren ihre Waffen! Nur der Offizier trug die Lanze des Marinekäfers als Waffe bei sich. Doch angesichts dieser spärlichen Ausstattung gab es im Ameisenstaat trotzdem nie eine Etatdebatte. Und wir Trolle denken, unsere Armee wäre heruntergewirtschaftet?), machten indes einen Zentimeter nach dem anderen gut und rückten schon bald auf.

„Ihr miesen, unehrenhaften Halunken! Lasst meine Verlobte und den König frei, oder spürt die Macht unserer Kolonie!" Jetzt stand auch noch der Kolonnel urplötzlich in der Giftzahnreichweite und hinter ihm ein Heer von der Sorte Soldaten, deren einzige Erfüllung im Leben der blinde Gehorsam war.

„Na dasss wird ja immer bessssser.", zischte es aus dem giftigen Maul der Schlange. Plötzlich fing sie an sich auf unnatürliche Art zu winden. Jeder der Ankömmlinge wich erschrocken ein paar Schritte zurück. „Oh, Entschuldigung. Ich wollte wegen der Show genüsssslich meine Hände aneinander reiben, aber da war ja wasss!", (sie meinte natürlich, da war nichts! Nicht mal ein kleiner Finger) und führte weiter an: „Ich bin gessspannt wie esss jetzsst weitergeht. Ihr müsssst wissssen, dasss esss hier unten in der Isssolation, in der völligen Abgeschiedenheit, kaum erquickliche Unterhaltung gibt. Alssso losss, tut wasss auch immer ihr für nötig haltet. Und wenn ihr mir eine gute Ssshow liefert, verschone ich den ein oder anderen vielleicht."

Gespannt blickte der Gifthals auf die Meute von Insekten. Bruce und seine Anhängerschaft taten es der tödlichen Gefahr gleich und blickten ebenfalls gespannt auf den Kolonnel, der noch tödlicheren Gefahr im Moment. Und dieser blickte gespannt auf seine treuen Soldaten, die beim Anblick der Schlange jedoch unwürdig zu zittern begannen.

„Nun greift euch endlich diese elenden Hunde!", befahl der Kolonnel erbost. Doch sie zögerten, was den Zorn des Kolonnels noch weiter befeuerte.

„Wo bleibt euer Soldatenkodex? Für die Kolonie zu sterben ist nicht nur eure heilige Pflicht, sondern die größte und ehrenhafteste Auszeichnung, die ein Soldat je in seinem Leben erhalten kann!"

Zweifelnde Stimmen erhoben sich aus der Phalanx: „Auf welcher Seite genau steht das in unseren Arbeitsverträgen?", schallte es irgendwo kleinlaut aus der Masse heraus. Großes Getuschel unter den Soldaten.

„Arbeitsverträge? Wollt ihr mich verarschen? Der Fortbestand unserer Kolonie fällt mit dem Tod der Prinzessin und mir! Also zack zack!", brüllte der Kolonnel.

Doch trotz der hohlen Phrasendrescherei sah sich noch immer keiner motiviert, dem sicheren Tod entgegenzutreten.

Vorher schien die Sachlage klar: Eine jugendliche Gottesanbeterin und seinen geistig behinderten Sidekick töten. Ein leichtes, wenn man mit einhundertvierundsiebzig Mann überlegen ist. Aber eine Schlange? Die konnte sie alle mit einem Mal zerquetschen, mit einem Ruck sozusagen. Der Tunnel ließ nicht viel Platz. Wenn sie vorpirschte, mit ihrem riesigen Maul, ihren giftigen Giftzähnen, die wahnsinnige Giftigkeit versprühten (mehr wie giftpeitschige Zungen gelangweilter Hausfrauen untereinander), ihrem furchteinflößenden Hohlraumkopf, wo man quasi kein Hirn findet, aber jede Menge Magen, dann, ja dann stürben alle. Niemand käme mehr lebendig hier raus. Angesichts der verlustreichen Schlacht auf dem Erdboden mit den Termiten würden sie hier nur zweifelhaften Ruhm ernten. Geschlagen, verdaut, ausgekackt. Keiner hier wollte als ein Haufen Scheiße enden.

„Wenn ihr euch nicht gegensssseitig umbringen wollt, dann musss ich dasss jetzsst wohl ssselbst in die Hand nehmen!", züngelte die Schlange arglistig und rieb diabolisch und bedrohlich zugleich ihre zahlreichen Schuppen an den Wänden. Durch die Vibrationen löste sich ein Erdklumpen von der Decke und traf Baba Schrotti auf die gesunde Schädelhälfte. Was Bruce Argusaugen nicht entgangen war.

„Das ist nicht nötig! Wir werden ihre Eindringlinge eliminieren, selbst wenn es unser eigener Untergang bedeutet.", entgegnete der Kolonnel eiskalt und posaunte inbrünstig seinen Schlachtruf aus: „ANGRIFF!"

Doch Bruce, pfiffig wie er nun mal war, gab der Prinzessin einen kleinen Stups, welche kettenreaktionstechnisch gegen den Marienkäfer knallte, der in Seitenlage geriet, was wiederum dieses winzige Körnchen in dessen offene Gehirnhälfte katapultierte und seine Persönlichkeit dermaßen verformte, dass menschliche Fantasien nicht ausreichen.

Der Rest ist Geschichte!

Kapitel 18 – War, what is it good for?

Baba Schrotti verwandelte sich blitzartig in einen adretten, schwarzen Soulsänger mit buschigem Oberlippenbart und gekräuselter Afromatte. Wie Phönix stieg er aus der Asche (in dem Fall Erde). Er hob starallürisch seine rechte Hand in die Luft, während er regungslos auf den Boden starrte und rhythmisch mit seiner Hüfte wackelte. Die Augen aller Be- und Unbeteiligten waren ihm gewiss, weswegen der Angriff zunächst ins Stocken geriet. Kein Soldat konnte sich seiner magischen Ausstrahlung entziehen. Jeder der hier Anwesenden spürte die Anspannung, das Knistern, das Elektrisierende in der Luft. Großartiges lag in der Luft und der ein oder andere brüstete sich bereits damit, dass sie in wenigen Augenblicken ein Stück Geschichte miterlebten. Heute, so munkelten einige Soldatenameisen, wird ein Star(r) geboren.

Und tatsächlich, Baba, der nicht mehr als er wiederzuerkennen war, würde der Schlange und allen Übrigen eine Show vom Allerfeinsten bieten, die später von den Chronisten als *wichtigstes auslösendes Ereignis in der Geschichte der Ameisen* niedergeschrieben wurde.

Jetzt live, mit einem Evergreen der Protestsongbewegung, einer Hymne gegen den Krieg, der Zerstörung und den Tod, absolut improvisiert, selbst ausgedacht und ungeschnitten, im Angesicht des Todes (um ein authentischeres Gefühl für Baba und die Gruppe zu bekommen, sollten Sie hier auf Youtube den Titel dieses Kapitels eingeben und mitlesen/singen):

War, huh, yeah
What is it good for
Absolutely nothing
Uh-huh

Schon nach den ersten Zeilen stimmten Bruce, die Prinzessin und die Termite, Burt, als Hintergrundchor mit ein und sangen den Refrain euphorisch mit – ihre Leben hingen davon ab die Herzen der Krieger und die der Bestie zu erweichen.

War, huh, yeah
What is it good for
Absolutely nothing
Say it again, y'all.

War, huh, good God
What is it good for
Absolutely nothing

Listen to me

Aber der reine Backgroundgesang war ihnen nicht genug. A cappella war so Pentatonix und als das verstanden sie sich gar nicht. Sie mussten in die Tasten hauen, mussten sich als Band formieren, um etwas darzustellen, das größer war als jeder Einzelne von ihnen. Nur so hatten sie die Gewähr, die absolut wichtige Anti-Kriegs-Message in jedes der anwesenden und auf Krawall gebürsteten, schlagenden Herzen zu pflanzen. Blitzschnell bastelte sich Bruce daher aus Erdklumpen ein Schlagzeug und gab sofort den Takt vor. Die Prinzessin stieg augenblicklich mit ein, indem sie die Fühler des abgesägten Kopfes ihres Vaters als Bass benutzte und die Termite, Burt, den abgetrennten Körper Ihrer Majestät dazu benutzte, Furzgase so eloquent aus dem Hinterleib zu quetschen, dass es sich wie eine liebliche und passende Melodie anhörte.

Ohhh, war, I despise
Because it means destruction (Baba hob einen Erdklumpen vom Boden und versuchte ihn zu zerbröseln, verletzte sich dabei aber seine Hand und kaschierte den Schmerz bis zur übernächsten Textzeile.)

Of innocent lives (Baba zeigte tränenreich auf sich und seine Freunde! Die Termite, Burt, allerdings, ließ er aus.)

War means tears (jetzt konnte Baba seinen Tränen, die von den Schmerzen seiner Handverletzung rührten, freien Lauf lassen.)
To thousands of mothers eyes
When their sons go to fight
And lose their lives (Baba stellte sich tot, um gleichzeitig, wenn es das Publikum am wenigsten erwartete, wieder hochzuschrecken um weiter im Text zu singen. Die geschockten, positiv überraschten Zuschauer waren so mitgerissen von der Performance, dem Gesang und der Musik, dass sie nunmehr inbrünstig den Refrain mitsangen!)

I said, war, huh
Good God, y'all
What is ist good for (Baba deutete auf die Soldatenameisen des Kolonnels, was diese im Chorgesang mit folgendem antworteten:) *Absolutely nothing*

Say it again
War, whoa, Lord
What is it good for (diesmal zeigte Baba auf die Schlange, was diese mit folgendem

beantwortete:) *Absssolutely nothssing* (und spuckte dabei aus Versehen einen Gifttropfen in Richtung der Ameisencrowd, woraufhin sich einer von ihnen auflöste. Es bildete sich daraufhin ein kleiner Kreis um die Leiche und die Party ging weiter.)

Listen to me

War, it ain't nothing
But a heartbreaker (Baba trommelte dabei auf dem toten Kopf des Königs und deutete auf das Herz der Prinzessin.)
War, friend only to the undertaker (nicht zu Verwechseln mit dem amerikanischen Wrestler, dem siebenfachen Schwergewichts-Champion *The Undertaker.*)
Ooooh, war

It's an enemy to all mankind
The point of war blows my mind
War has caused unrest
Within the younger generation
Induction then destruction (Baba machte eine anschuldigende Andeutung zum Kolonnel, der sich mit voller Körpersprache darüber aufregte, dass er mit diesem Satz gemeint war!)
Who wants to die

Aaaah, war-huh

Good God y'all

What ist it good for (diesmal zeigte Baba wieder zu den Ameisen, weil der den Schlangenzwischenfall nicht wiederholen wollte.)

Absolutely nothing

Say it, say it, say it
War, huh
What is it good for (gekonnt ignorierte er die aufgeregte Schlange, die freudig darauf wartete, erneut ihren Part des Songs zu erfüllen. Doch zu ihrer großen Enttäuschung richtete sich der große Entertainer wieder an die Ameisen. Keiner sollte während seiner Songs mehr sterben, das schwor der Künstler sich im selben Moment.)

Absolutely nothing (riefen die Ameisen fieberhaft!)

Listen to me

War, it ain't nothing but a heartbreaker
War, it's got one friend
That's the undertaker
Ooooh, war, has shattered
Many a young mans dream
Made him disabled, bitter and mean (Baba zeigte auf seine offene Gehirnhälfte, was zur Folge hatte, dass sich ein paar Ameisen übergeben mussten.)

Life is much to short and precious
To spend fighting wars these days (Der Überinterpret Baba trat an den Kolonnel, entriss ihm die Lanze und zerbrach symbolisch das Kriegsbeil. Der Marienkäfer hätte die Lanze gerne auch in Wirklichkeit zerbrochen, doch er war dafür einfach zu schwächlich, weswegen er die Lanze wieder kleinlaut dem Kolonnel zuschob.)
War can't give life
It can only take it away

Oooh, war huh
Good God y'all
What is it good for
Absolutely nothing
Say it again

War, whoa, Lord
What is it good for
Absolutely nothing
Listen to me

War, it ain't nothing but a heartbreaker
War, friend only to the undertaker

Peace, love and understanding

Tell me, is there no place for them today
(Baba zuckte mit den Schultern.)
They say we must fight to keep our freedom
But Lord knows there's got to be a better way
(Baba deutete auf die Band und seinen Gesang, bekreuzigte sich und faltete die Hände zu einem Amen.)

Oooooh, war, huh
Good God y'all
What is it good for
You tell me
Say it, say it, say it, say it.

War, huh
Good God y'all
What is it good for
Stand up and shout it
Nothing!

Mit der letzten Silbe, die Baba voller Hingabe sang, stand er in typischer Elvispose da, also genau so wie zu Beginn dieser geschichtsträchtigen Szenerie. Die Musik verklang und in den Gesichtern der Musizierenden* herrschte Einklang mit dem Universum. Sie hatten es geschafft. Musik und Liebe, mehr brauchte es nicht um Kriege zu verhindern.

Und dann begannen alle Verfeindeten sich gegenseitig abzuschlachten, weil keiner von ihnen den englischen Songtext verstand.

Nicht mal Baba...

*= **improvisierter Liedtext**, Baba *The Improvisateur*, Schrotti (natürlich nur in seinem Kosmos. Unter uns Trollen gab es ein fast identisches Lied von Edwin Starr, Copyright 1969).

Performance am nicht vorhandenen Mikro: Baba *the Voice* Schrotti! Am Erdklumpenschlagzeug: Bruce *die Trommelschlägerklaue* Esanbeter! Am Königsbass: Prinzessin *the Sweetheart* Raya! Am wohlhochgeborenen Popo des Königs: Burt *the fucking ass-squezzer* Termite!

(Den ganzen Auftritt gibt es selbstverständlich auch auf Youtube unter *Die Bremer Stadtmusikanten mal anders* zu sehen).

Kapitel 19 – Schlangenragout

Aggressionen und der unabdingbare Wille, Lebewesen qualvoll sterben zu sehen, erfüllten die erhitzten Gemüter nach dem Anti-Kriegs-Song (der im Übrigen von nun an vor jeder Ameisenschlacht zur Kriegsmotivation geträllert wurde). Die Friedensmessage dieses Lieds ist nicht nur sang und klanglos untergegangen, wie die Wehklagen der Verletzten auf den zahlreichen Kriegsschauplätzen dieser Erde, sondern hat sogar den pazifistischsten Kameraden der Truppe in einen wahren Krieger verwandelt. Die von der Sorte, die sich nichts mehr herbeisehnten, als im Blut ihrer Feinde zu baden (auch ohne jemals das Seepferdchen bestanden zu haben).

Blitzschnell schoss die Schlange mit ihrem weit geöffnetem Maul nach vorn und verschluckte Bruce mit einem Happen. Babas Schock, der Augenzeuge dieser abscheulichen Tat wurde, saß so tief, dass er in eine Art Starre verfiel. Steif wie ein Brett kippte er um, rollte sich automatisch zu einer Kugel zusammen und verlor neben dem Bewusstsein auch den Erdklumpen in seiner offenen Gehirnhälfte und damit alle äußeren Attribute seiner Verwandlung. Die Termite, Burt, versuchte inzwischen aufgrund der heranstürmenden Horden wütender Ameisensoldaten, hastig die Prinzessin als Geisel zu nehmen. Doch Raya war auf seinen Übergriff besser vorbereitet als die Besatzung eines Leopard 2 Panzers. Aus ihrem üppigen Hintern, der so manch frivole Fantasie beim Kolonnel auslöste (auch gerade jetzt, in dieser prekären Situation, Männer halt!), schoss sie direkt einen Schwall Säure auf den Mörder ihres Vaters.

Die Termite, Burt, verlor sofort sein Augenlicht. Hilflos wie ein Taubstummer beim Bestellvorgang im Drive-In einer Mc Donalds Filiale, taumelte er durch den Gang und geriet in die Fänge einiger Ameisensoldaten.

„Tötet den Königsmörder!", rief die Prinzessin rachelustig, während sie sanft über die Fühler des abgetrennten Kopfes ihres Vaters strich und ihm ein Einschlaflied vorsang, dass die Hebammen ihr immer vorgesungen hatten, als sie noch klein und schmächtig war. (Ein weiterer Beweis für die Multitaskingfähigkeiten der Frauen, hier Trauer, Einschlaflied und Rachelust, gleichzeitig!).

Doch ehe die Soldaten dazu kamen das Leben der Termite, Burt, auszulöschen, sprengte sie sich und riss unzählige Ameisen mit in den Tod. Neun Ameisen starben sofort, weitere elf wurden derart verstümmelt, dass sie nunmehr Anspruch auf einen Behindertenausweis hatten. Ihre schmerzerfüllten Schreie blieben unerhört ungehört. Denn die Grausamkeit des Kriegs ging weiter. Derlei Ereignisse beendeten keine Kriege, sie gaben ihnen, wenn überhaupt, nur noch mehr Anlass, weiteres wenn nicht noch grausameres Unheil zu stiften. (Im Töten gleichen sich alle Geschöpfe dieser Erde in einer einzigen Sache; jedes will es zur Perfektion betreiben und die Natur ist ihr bester Verbündeter in der Hinsicht → Evolution).

Im Innern der Schlange tobte derweil ebenfalls ein entsetzlicher Kampf um Leben und Tod. Bruce hatte sich mit aller Kraft im oberen dreiunddreißigsten Drittel des Halses quergestellt (also kurz nach dem Zäpfchen!), sodass die Schlange zu ersticken drohte. Sie würgte so grässlich und angestrengt, man erkannte förmlich die verzweifelten Zuckungen ihrer Muskelbewegungen von der Schwanzspitze bis zum Maul. Aber da war nichts zu machen. Bruce hielt sich wacker. Dummerweise dachte die Schlange, dass sie auf der Erdoberfläche besser Luft bekäme. Sie schlängelte sich daher blitzschnell durch den Tunnel in Richtung Thronsaal. Während ihres Vorstoßes rollte sie ungewollt den bewusstlosen Marienkäfer vor sich her, wobei alle übrigen Ameisen sich fluchtartig zerstreuten. Einige wenige helle Lichter wurden dabei von der Schlange, die fast den gesamten Gang ausfüllte, zerquetscht. Vor allem waren es diejenigen, deren letzte Taktikschulung den Titel „Flucht nach vorn" trug. Sie liefen mit ihrem gefährlichen Halbwissen einfach in die falsche, todbringende Richtung. Dabei wäre es so einfach gewesen. Sie hätten nur die Route der Seminarschwänzer einschlagen müssen, die bei Gefahr noch auf ihre innere Stimme horchen konnten und nicht, wie die Zerquetschten, die in lebensbedrohlichen Gefahrensituationen auf widernatürlich indoktriniertes Halbwissen zurückgreifen mussten. (Flucht ist immer das schnelle WEGbewegen von der akuten Gefahr!!! So manchem Leser von Taktikbüchern dürfte ich hiermit das Leben gerettet haben!).

Einer der Taktikopfer (nicht zu verwechseln mit den TicTac-Opfern, die Zuhauf über diese Erde wandeln und uns ihren „guten Atem" aufzwängen), der sein Soldatenwissen nicht nur abrufen konnte, sondern es auch dummerweise anwandte und nun als Opfer zwischen Wand und Schlange gepresst um sein Leben rang, rief mit seinem letzten Atemzug, während sein Leben sozusagen aufgrund des Drucks, der auf seinem winzigen Körper lastete, langsam ausgehaucht wurde:

„Warum nur habe ich wie die meisten das letzte Taktikseminar von Professor Undicht nicht geschwänzt? Meißelt bitte auf meinen Grabstein *Tot durch.*"

Doch bevor er seinen Satz beenden konnte, verstarb Antoine, so hieß der arme Kerl, an seinen zerplatzten Innereien. Die Kolonie kam posthum seinem letzten Wunsch nach. Heute steht auf seinem Grabstein geschrieben: *TOT DURCH* (was kurz darauf die TOT-DURCH-PROTESTBEWEGUNG zur Folge hatte, die hier aber nur am Rande erwähnt bleiben soll).

Beinahe erreichte die Schlange den Thronsaal. Eher ungewollt trieb sie ihre Gegner vor sich hin (Baba Schrotti rollte wie eine Bowlingkugel mit). Eines war gewiss: Wenn diese Bestie dort ankäme, würde sie im Epizentrum der Kolonie wie ein Hurrikan wüten. Und das ist noch nicht alles. Sie würde ihre unkontrollierten Energien freien Lauf lassen und so durch ihr zwanghaftes Rumgezitter den ganzen Ameisenhügel zum Implodieren bringen. Die Gefahr für die Kolonie war außerordentlich. Es stand nicht weniger als die Zukunft der Ameisen auf dem Spiel. Und das erkannte auch der Kolonnel, der zwar die Flüchtlingswelle seiner Soldaten anführte (mit der Prinzessin im Schlepptau), doch nur um als erster die Königin zu warnen! (Klar, nur deswegen!) Aber ganz Unrecht hatte der Ameisenoffizier nicht. Denn Eure Hoheit die Königin wartete gespannt und voller Hoffnung am Eingang des Geheimverstecks, neben dem gebrochenem Siegel, dass ihr eine Heidenangst einflößte. Alle panikartigen Schreie, die zu ihr vordrangen, und der einstürzende Tunnel, schienen ihr kein Warnsignal zu sein. Im Gegenteil. Sie wagte sich sogar einen Schritt in den bebenden Geheimgang hinein und rief nach ihrer Tochter Raya. Doch plötzlich!

Der Kolonnel rammte die Lanze kurz vor knapp in den Boden und katapultierte sich wie ein Stabhochspringer mit Raya aus dem Geheimgang und schubste dabei die Königin aus der Schusslinie. Ein Meer voller Ameisen schleuderte kurz darauf ebenfalls heraus, wie das Öl aus einer kaputten Pipeline und sie alle flohen mit warnendem Toben und Geschrei über die Tribünen in das verzweigte Tunnelsystem des Ameisenbaus. Die Zuschauer, ganz Herdentrieb, taten es den starken Ameisensoldaten gleich. Eine Massenpanik brach aus. Trotz der aberhunderten nervenkriseschiebenden Insekten wurde keiner von ihnen totgetrampelt, wie man vielleicht meinen möchte. (Das lag am geringen Gewicht der einzelnen Individuen. Wer aus Spaß schon mal Ameisen umgepustet hat, weiß wie leicht die sind).

„Wir müssen hier weg!", befahl Raya ihrer Mutter aus absoluter Nächstenliebe und half ihr auf die vielen Beine. Doch die schon in die Jahre gekommene Königin hatte sich beim Sturz die Hüfte verstaucht. Mit schmerzerfüllter Mine sackte sie zurück auf den Boden.

„Kindchen. Lass mich zurück. Meine Zeit ist gekommen. Aber du und der Kolonnel – ihr seid die Zukunft dieser Ameisen. Ich befehle euch, bringt euch jetzt in Sicherheit. Egal was dort auf mich lauert", sie blickte in den Tunnel des Geheimgangs, „ich kann beruhigt gehen, weil ich die Kolonnie in euren Genitalien weiß!"

Der Kolonnel nickte und schleifte die Tochter davon, die sich heftig gegen ihren Abtransport wehrte. (An dieser Stelle soll nicht unerwähnt bleiben, dass der Kolonnel aber sowas von locker die Königin hätte wegtragen können, aber zum einen waren Befehle eben nun mal Befehle und er war immerhin Offizier. Und zum anderen – kommt schon, wenn man so eine Aufforderung von seiner Schwiegermutter (!) bekommt, muss man(n) nicht lange überlegen. Und noch was: Tote Schwiegermütter haben einen entscheidenden Vorteil gegenüber lebenden; sie können nicht mehr nerven! Wie Kiv, der Grashüpfer aus dem Buch *Pepo die Schmeißfliege*, längst wusste und das Schwiegermuttertöten sozusagen zum Volksport Nummer Eins machte. Aber genug geschwätzt…).

Die Schlange schoss aus dem Tunnel mit weit aufgerissenem Maul und steuerte direkt auf die Königin zu. Mutig blickte Ihre Majestät ihrem sicheren Ende entgegen.

„Mutter!", schrie Raya völlig entsetzt, während sie auf dem Rücken des Kolonnels weggebracht wurde. Aber wie durch ein Wunder stoppte auf einmal der riesige Schlangenkopf ohne erkennbaren Grund und fiel zu den Füßen der Königin.

Das tödliche Maul schloss sich und ein lautes Zischen machte sich bemerkbar.

Die Prinzessin befreite sich nun aus den Armen des Kolonnels und flog ganz schnell zu ihrer hochwohlgeborenen Mutter.

„Was ist hier passiert?", fragte die Prinzessin verwundert und schloss ihre Mutter liebevoll in vier von sechs Armen/Beinen.

„Ich weiß es nicht.", entgegnete ihr die Königin.

„Das ist ein Wunder!", rief der Kolonnel, der emotional zwischen Freude und Enttäuschung pendelte.

Baba, der bis in die Mitte der Kampfarena geschleudert wurde, erwachte aus seiner Schockstarre und entkugelte sich wie ein Transformer (genauer, wie Bumblebee, nur in rot und schwarz punktiert). Die Gefahr war gebannt, wie er zweifelsfrei sehen konnte. (Auch wenn die Augen der Schlange sich nicht schließen beim Tod, sie standen wie bei Insekten, immer offen, so war es die Regungslosigkeit des Biests die alle Zweifel erhaben machte).

Der Marienkäfer lief augenblicklich auf das geschlossene Maul des toten Langhalses zu und versuchte es mit all seiner Kraft aufzustemmen!

„Bruce!", rief er voller Verzweiflung. „Bruce!", immer wieder „Bruce!". Dabei fing Baba an zu weinen. „So helft mir doch!", schrie er in die große Runde.

Die Königin sah den Marienkäfer verwundert an. Aber es bedurfte keiner Worte mehr um zu wissen, was wohl geschehen war. Anstatt ihre Antennen voller Anteilnahme zu senken, befahl sie ihren Soldaten und den noch anwesenden Arbeiter/innen, dem kleinen Marienkäfer zu helfen.

„Los mein Volk. Greift diesem absolut verrückten, naiven, idiotischen, warmherzigen, liebevollen, gutaussehenden Mann von einem Marienkäfer unter die Arme!"

Der Kolonnel sah verdutzt drein, als er sah, wie sich die Kolonie bereitwillig dazu erklärte und Baba zur Unterstützung eilte. *Warum dem Feind helfen*, stand auf seiner Stirn geschrieben (ehrlich, er hat es sich mit etwas Matsch spiegelverkehrt darauf geschrieben).

Mehr als zweihundert Ameisen versuchten nun, gemeinsam mit Baba, den riesigen Schlund zu öffnen. Doch dieser bewegte sich nicht, egal wie sich alle ins Zeug legten. „Wir haben keine Zeit zu verlieren! Kommt Leute, helft meinem Freund, der euch vor dem Untergang bewahrt hat!", schrie Baba so laut und weinerlich, dass es die letzte Drohne im Bau hörte.

Die Szenerie erweichte das Herz des Kolonnels, weshalb er dem Treiben beiwohnte. An Babas Seite brachte er all seine Manneskraft mit ein. Ihre angestrengten Köpfe blickten sich während der Schwerstarbeit an und die Schweißtropfen bildeten einen kleinen gemeinsamen Tümpel unter ihren Füßen. Baba wollte dem Kolonnel aus Dankbarkeit eine Geste zukommen lassen, aber der Kolonnel nickte ihm zuerst zu. So in der Art, *ist schon gut kleiner Käfer. Freunde helfen einander, auch wenn sie noch so unterschiedlich sind. Lektion gelernt.* Der Marienkäfer nickte zurück, so in der Art, *ich habe verstanden was du mir zugenickt hast. Diese Erkenntnis können wir nur Dank Bruce haben, der mein Leben verschont hat und mir seine Freundschaft geschenkt hat. Und bevor ich es vergesse, hier ein Dankesnick für deine Mithilfe.* (Die Nicker allerdings unterschieden sich nicht besonders voneinander, weshalb ich, der Erzähler, auch alles falsch interpretieren könnte; vielleicht zitterten sie auch nur vor Anstrengung und ein mentaler Dialog blieb aus, was höchstwahrscheinlich war).

Langsam, bisweilen in Zeitlupe, öffnete sich das Giftmaul der Schlange. Jeder Millimeter wurde hart erkämpft und es bedurfte zweihundertsiebenundzwanzigeinhalb (!) Ameisenkörper (der abgetrennte Königskörper war doch noch zu etwas zu gebrauchen), die sich übereinander türmten, um den Spalt mit einer gewissen Breite offen zu halten.

Der Kolonnel gab Baba ehrerbietend den Vortritt in die riesige, dunkle Maulhöhle. Der Marienkäfer trat vorsichtig hinein. Sofort umwehte ihn ein stinkiger, fauliger Geruch des Todes. Er befürchtete völlig zu Recht das Allerschlimmste. Immerhin stand er in einer der giftigsten Bissluken der Welt! Erschrocken erblickte Baba die regungslose Silhouette seines Freundes. Seine Horrorvision kitzelte bereits an der traurigen Gewissheit.

Die kleine Fangschrecke lag zerdrückt auf der Zunge dieser Mörderschlange und sein kleines (großes) Herz schien nicht mehr zu schlagen.

Kapitel 20 – Der okayste Freund der Welt

„Schnell Kolonnel, kommen Sie her!", befahl Baba, der seinen totgeglaubten Freund unter die Arme griff. „Er lebt!"

„Aber nicht mehr lange, Baba mein treuer Weggefährte.", hauchte Bruce. „Ich spüre wie mich langsam meine Lebensgeister verlassen." Bruce schloss die Augen (er merkte aber, dass es anatomisch bedingt gar nicht möglich war und schlug daher die Äuglein wieder auf. Er sah(!) ein, dass er mit offenen Augen von dieser schrecklichen Welt abdanken musste).

Der Marienkäfer musterte akribisch den Gesundheitszustand seines geschwächten Kameraden. Und auch wenn er kein Sanitäter war, so wusste er dennoch, dass tröstende Worte eine ebenso heilende Wirkung haben konnten wie Placebos.

„Du bist nicht verletzt.", meinte Baba aufmunternd. „Nur ein bisschen ramponiert. Das wird schon wieder. Alles was dir fehlt sind ein paar Proteine mein Junge und dann geht es dir wieder gut."

Der Kolonnel bewegte sich im Hintergrund auf und ab und störte die beiden vorerst nicht (fast sah es so aus als wären sie seine Studienobjekte, die ihm gerade eine Lektion in Sachen Sozialverhalten unter verschiedenen Tierarten erteilten. Diese Lernstunde nahm er gewissermaßen interessiert und dankbar an).

„Bruce!", erklärte der Marienkäfer. „Ich will nicht schmalzig klingen, obwohl das genau mein Ding ist. Aber Taten sprechen hier eindeutig mehr als Worte!" Er hielt seinen Kopf an Bruce Kauwerkzeug, weil er wusste, dass Gottesanbeterinnen ihre Opfer immer von Kopf bis Fuß verspeisten (selten kamen die Stinkefüße zuerst dran und wenn sie Pilzbefall hatten, wurden sie überhaupt nicht angerührt - so liegen gewiss zehntausende dieser befleckten Stummelfüße ohne ihre Besitzer irgendwo da draußen herum). „Beiß rein, Bro. Ich will nicht, dass du stirbst!"

Bruce deutete ein entsetztes Kopfschütteln an, aber kräftemäßig sah es dermaßen mau aus, dass er doch lieber ökonomisch handelte und daher keine weitere Energie verschwendete. Er blickte einfach weiterhin geradeaus, was aber noch gespenstischer aussah, weil er auch nicht zwinkern konnte.

„Das ehrt dich wirklich sehr du tapferes kleines Geschöpf!", entgegnete Bruce geschwächt. „Aber du kennst meine Prinzipien. Lieber verhungere ich, als dass ich auch nur ein Lebewesen auffresse. Und am wenigsten Dich, Baba. Ich muss, nein ich will besser als diese Welt sein. Nicht weil es Gott oder die Natur so von mir verlangt hat, sondern weil ich mich aus freien Stücken dazu entschlossen habe. Vergiss bitte eines nie, auch wenn ich schon lange vor dir gegangen bin: **Du bist immer nur eine Entscheidung von einem komplett anderen Leben entfernt. Ich habe mich entschieden, dich nicht aufzufressen. Und aus dieser Entscheidung heraus habe ich entschieden, überhaupt niemanden mehr zu fressen. Und auch wenn es meinen Tod bedeutet ist daraus etwas Wundervolles entstanden. Etwas das diese Welt nicht will, aber etwas, das sie ganz gewiss braucht. Sieh uns beide an, sieh wozu wir fähig sind. Ich hab dich lieb Baba."**

Der Kolonnel trat mit großer Bewunderung (eine Träne hatte sich der sonst so harte Elitesoldat noch hinter ihren Rücken verdrückt) für die beiden aus dem Hintergrund hervor. Diese Jungs, dachte er, sind aus einem ganz anderen Holz geschnitzt, vielleicht Mahagoni oder ein anderes Edelholz. Oder ein Material, das absolut herzerweichend ist. Diese beiden waren ganz gewiss keine Staatsfeinde. Sie waren von niemandem der Feind. Die fangschreckliche und marienkäferliche Aufopferungsbereitschaft ging ihm so nahe, dass er diese beiden Herrschaften von allen Vorurteilen freisprach und alles was man ihnen wegen der

Entführung in einem Schauprozess hätte zur Last legen können.

„Wenn er niemanden töten und dennoch satt werden will, erfüllen wir ihm doch den Wunsch!", brachte sich der Kolonnel freudig mit ein.

„Wie das?", fragte der Marienkäfer neugierig, der mittlerweile selbst vor Hunger umkam.

„Das werdet ihr gleich herausfinden.", entgegnete ihm der Offizier mit einem vorfreudigem Lächeln. Doch zunächst schulterte der Kolonnel den völlig von Schlangenspeichel durchnässten und zusammengefalteten Bruce, bevor er den Marschbefehl ausgab. „Folgt mir hier raus!"

Gespannt wartete die Prinzessin an der Seite ihrer Mutter auf ihren Verlobten und ihre Entführer.

„Er hat überlebt!", rief der Kolonnel vor seiner Majestät, der Königin, seiner Verlobten der Prinzessin und den etlichen Helfern und Helfershelfern als er, Bruce tragend, und Baba aus dem Schatten des riesigen Mauls heraustraten. Die Königin klatschte vor Anteilnahme. „Ganz entzückend, wundervoll. Der heutige Tag ist ein ganz fantastischer in der Geschichte unserer Kolonie."

Die Prinzessin stieß ihrer Mutter in die Seite und flüsterte voller Anteilnahme, gerade so, dass es die Königin vernehmen konnte: „Ich will Eure

Euphorie nicht im Keim ersticken Mutter, aber der General, Euer Ehemann und mein Vater, ist tot. Er hat es leider nicht geschafft."

Die Königin sah ihrem Kind direkt in die Augen, berührte deren Fühler mit ihren eigenen und morste ihr durch die Bewegungen eine geheime Nachricht zu (die ich für euch leider nicht dechiffrieren konnte, weil ich kurz geblinzelt habe, als ich das aufschrieb).

Daraufhin wandte sich die Prinzessin enttäuscht von ihrer Mutter ab. Rayas Fühler knickten ein und sie verschwand in der Menge der Ameisen in Richtung der Giftschlange nahe des Geheimausgangs. Die Antennen auf ihrem Kopf nannte sie fortan nicht mehr Fühler, sondern Quäler! Traurig sah die Königin ihrer Tochter nach: „Du wirst es verstehen, wenn es soweit ist.", dachte sie und wischte sich heimlich eine Träne weg. Doch im selben Augenblick war sie wie ausgewechselt.

Kraftvoller denn je präsentierte sich jetzt die Königin ihren Untergebenen und stieß voller herzerwärmender Freude folgenden Jubelgesang aus: „Ich ernenne diesen glorreichen Tag zu einem wiederkehrenden Feiertag." (wegen der toten Schlange oder ihrem toten Ehegatten blieb bis zu ihrem Tod im vierten Quartal des Jahres 2019 ein gut gehütetes Geheimnis).

Die Ameisen, vor allem die Arbeiter/innen, die knapp 99 Prozent des gesamten Staates ausmachten (umgerechnet könnten unsere Politiker von solchen Steuereinnahmen nur träumen) wussten sich keinen Reim darauf zu machen. Sie standen einfach nur da wie bestellt und nicht abgeholt, weshalb die Königin eine Schippe der Erklärung nachlegte.

„Legt die Arbeit nieder, mein treues und fleißiges (flüsternd: und unterbelichtetes) Volk und feiert gemeinsam mit mir unsere ungewöhnlichen Helden! Sie haben uns von einer immerwährenden, allgegenwärtigen Gefahr befreit, die wir niemals und zu keiner Zeit kontrollieren konnten! Doch wir haben gesiegt. Mit der Hilfe dieser beiden Supermänner!" (Sie überlegte kurz den Tod ihres Gatten in einem Nebensatz zu erwähnen, in etwa so: Übrigens ist der König tot! Doch es passte einfach nicht in die feierliche Stimmung, die alle gleichermaßen ansteckte).

Keine Ameise konnte sich nunmehr zurückhalten. Sie fingen an, Beifall für die Königin zu klatschen und sie hochleben zu lassen. Die Menge tobte vor Freude. Keine Schinderei mehr für einen ganzen angebrochenen Tag, das hat es wirklich noch nie unter den Ameisen gegeben (jemand möge mir dazu einen Wikipedia Artikel verfassen). Und dazu bedurfte es nur einen

Königsmord und die Bedrohung des ganzen Staates durch einen Gifthals. (So schön dieser Feiertag klang, nach dem Investigativ-Journalismus von Herrmann *Komm-Mal-Herr-Mann* (ohne Witz, das Kursivgeschriebene ist sein Nachname; er ist ein weit entfernter Verwandter der Königin, der keinen Platz in der Thronfolge einnimmt) war dies die Geburtsstunde des Terrors. Einige besonders pfiffige Ameisen, die außerordentlich arbeitsscheu waren, formierten sich nach dem Schmierblatt *Bald* zu einer im Untergrund operierenden Terrorzelle. Sie planten nach Zeugenaussagen von Informanten bereits neue, bedrohliche Anschläge übers Jahr verteilt, um besondere Brückentage für das Volk herauszuholen. Vive la Feiertag – lautete ihr Slogan).

„Übrigens, der König ist tot!", posaunte die Königin doch noch inmitten der Feierlichkeiten unkontrolliert heraus, als Raya plötzlich mit dem Kopf ihres Vaters daherkam.

„Es lebe die Königin!", rief die Prinzessin ironisch, warf den Kopf vor die Füße ihrer Mutter und tauchte abermals in der Menge unter. Party gesprengt, dachte sie sich. Aber da hatte sie die Rechnung nicht mit der Wirtin gemacht. Und diese Wirtin war ein äußerst seltenes Exemplar einer Antialkoholikerin. Ansonsten hätte sie nicht so schnell schalten und die Situation retten können.

„Heute, meine Lieben, feiern wir den Sieg, legen unsere Arbeit nieder, feiern bis der Morgen graut und morgen betrauern wir den Tod unseres Königs mit doppelter Arbeit, doppelten Fleiß und doppelter Anstrengung!", erwiderte die Herrscherin (die hier zwei Fliegen mit einer Klatsche schlug. Was ihre Untertanen heute an Arbeit versäumten, holten sie morgen am Trauerfeiertag wieder rein. Ganz klare Rechnung, 3 x 3 ist Donnerstag).

„Eure Majestät!", rief der Kolonnel mit ernsthaftem Gesichtsausdruck über die aberhundert winzigen Ameisenköpfe hinweg. „Ich ersuche Sie dringend auf ein Wort! Und es duldet keinen Aufschub."

„Ruhe meine Anhängerschaft!", befahl die Königin. „Der Kolonnel wünscht zu sprechen." Das Volk gehorchte und hing (genauso wie die Prinzessin, die sich kurz vor einem der Ausgänge noch einmal nach ihrem Verlobten umdrehte, als sie seine Stimme vernahm) aufmerksam an seinem Kauwerkzeug, da er ja, wie wir Ameisenkundler ja wissen, keine Lippen besaß.

„Diese erstaunliche Gottesanbeterin (Baba korrigierte ihn tickartig wie ein Tourettepatient und schrie „Esanbeter!", dass sich Neun von Zehn Ameisen beinahe zu Tode erschraken.) … Entschuldigung, dieser kleine Esanbeter will kein Leid über diese Welt bringen. Ich habe es mit meinen eigenen Augen gesehen und ich kann es immer noch nicht glauben. Obwohl er dem Hungertod nahe ist, will er diesen Marienkäfer ums Verrecken nicht fressen, obgleich dieser punktierte Tor sich dafür angeboten hat!"

Die Königin war ganz entsetzt über den Rapport ihres Offiziers. „Wortwahl, Kolonnel, Wortwahl." ermahnte sie ihn.

„Pardon.", erwiderte er kleinlaut.

Die Königin gestikulierte ein schnelles *„Schon gut, schon gut. Mach dir nicht gleich ins Hemd."*, bevor sie dann das Wort erneut an sich riss.

„Bruce, du bist eine wahrhaft abnormale Erscheinung. Wir alle hier im Saal wissen, dass dein Verhalten gegen jegliche Naturgesetze, ja selbst gegen den Kreis des Lebens verstößt. Jedes Tier kennt die Geschichte von Disney und den Circle of Life. Hier für dich noch einmal die Kurzfassung: Das Gras wird von den Gnus gefressen. Die Gnus wiederum werden von den Löwen gefressen. Doch die toten Leiber der Löwen werden zu Gras. Und die Gnus fressen das Gras. Und so schließt sich der ewige Kreis des Lebens, dem wir alle angehören. (Virale Schlagzeile im Jahre 2032, nach der fünften Neuauflage von König der Löwen: *Drogendealer hält einhundert Löwenbabys, weil sie angeblich zu Gras werden*). Zugegeben, der Gesang von Elton John hat schon so manchen in den Wahn getrieben.

Aber bisher haben sich alle Tiere der Welt noch immer an die Gesetze von Mutter Natur gehalten! Warum du nicht?"

„Ich weiß wozu Mütter in der Lage sind.", meinte Bruce, der sich mit Grauen an seine eigene erinnerte und an das, was sie ihrem Vater angetan hatte. „Der ewige Kreis ist der ewige Scheiß!", so sein Fazit.

„Und du?", die Königin wandte sich an den Marienkäfer. „Warum um Himmels willen wolltest du dich freiwillig von dieser Fangschrecke fressen lassen? Ich will nicht anmaßend sein, aber ich verteufle dein Verhalten zutiefst. Gibt es denn für dich gar nichts wofür es sich zu leben lohnt?", fragte die Königin völlig enttäuscht, weil der kleine Marienkäfermann ihre Leidenschaft neu entfacht hatte und sie fest daran glaubte, das gleiche Feuer auch in seinem Auge aufblitzen hat sehen (wegen ihr natürlich!).

Bruce erklärte dem Kolonnel, dass er der Majestät gerne antworten wollte, er seiner Ausführung aber mehr Rückgrat geben wollte und daher von dessen Rücken musste. Also legte dieser ihn sanft auf den Boden ab. Mit zittrigen Knien versuchte Bruce sich nun von allein aufzustellen. Doch es gelang ihm nicht und er sackte zusammen. Sofort kam ihm Baba zu Hilfe, um ihn zu stützen.

„Ich danke dir, Baba.", flüsterte die Fangschrecke, als sie es gemeinsam vollbrachten.

„Seht uns an!", forderte der völlig ermattete Esanbeter. Er wurde von seinem ebenfalls vor Hunger halbtoten Freund gestützt, damit er nicht hinfiel. „Diese Welt frisst sich auch ohne unser Dazutun gegenseitig auf. Dieser Marienkäfer ist nicht mein Frühstück. Er ist weder mein Mittagessen noch mein Abendbrot. Und auch kein Snack für Zwischendurch. Er ist mein okayster Freund der Welt!" Dann brach Bruce zusammen.

„Schnell, wir müssen ihn zur Farm bringen! Er hat zu leben verdient.", forderte der Kolonnel.

Doch eine Soldatenwache brachte einen Einwand: „Und was ist mit dem Marienkäfer. Er ist doch der Erzfeind unserer…?"

„Ach Papperlapapp. Dieser süße kleine Marienkäfer darf auch dinieren. Er will ja niemanden töten, oder?" Sie blickte Baba ins Auge, welches hin und her wanderte und mal ihr linkes Auge, mal ihr rechtes Auge fokussierte. „Das reicht mir als nein. Dieser Marienkäfer steht unter meinem persönlichen Schutz, damit das klar ist!", befahl die Königin. Baba wurde ganz rot vor Scham (was aber nicht weiter unter seinem roten Chitinpanzer auffiel).

Fast der gesamte Ameisenstaat begleitete ihre neuen Helden, den *unbesiegbaren*

Schlangenbezwinger Bruce und den *fanatischen Schlachtrufbarden* Baba, wie die meisten Ameisen sie nun euphorisch betitelten.

Während ihres Weges zur Farm verhielt sich Baba plötzlich mehr als merkwürdig. Fast schien es, als wäre er vor Hunger und Erschöpfung vom Wahnsinn eingeholt worden. Sätze wie *Das Leben ist nun mal nicht Netto*, die er von sich gab, untermauerten die gewagte These (denn vermutlich musste er noch nie irgendwo seinen Bruttoverdienst angeben, weshalb er auch nichts von Netto verstand). Doch eines zeigte sich glasklar, auch wenn man kein tierärztliches oder tierpsychologisches Studium vorweisen konnte (was wohl die wenigstens Augen können, die diese Zeilen lesen): Jetzt tickten die letzten Sekunden für Bruce und Baba. Und nur die Ameisen konnten ihre Leben retten.

Wenn es noch rechtzeitig gelang, dem Hungertod ein Schnippchen zu schlagen.

Kapitel 21 - Im Einklang mit dem Allganzen

Bruce und Baba wurden von den Ameisen zu ihrer Farm getragen. Die Farm bestand aus Blattläusen, die zu hunderten an Blumenstielen rauf und runter fetzten und sich vom Grün der saftigen Pflanzen ernährten.

Baba wähnte sich im Fresshimmel, denn tatsächlich standen Blattläuse bei Marienkäfern auf Platz Nummero Uno der Menükarte.

„Jetzt haben wir es geschafft! Fressen! Fressen! Fressen!", frohlockte er im bardischen Gesang und vernaschte bereits in Gedanken die ein oder andere Blattlaus (oder fünfzig, denn so viel frisst ein ausgewachsener Marienkäfer pro Tag tatsächlich, was durchaus seine kugelrunde Form erklären könnte). Doch seine Freude schmälerte sich, als ihm aufgefallen war, dass seine Leibspeise schwer bewacht wurde und diese Delikatessen wohl nicht zu Fresszwecken hier gehalten wurden. Der Dienst dutzender Ameisensoldaten bestand einzig und allein darin, die Blattläuse unter dem Einsatz ihres Lebens vor Fressfeinden (wie hauptsächlich dem Marienkäfer) zu beschützen, während Arbeiterinnen im Hintergrund aus einem unerfindlichen Grund ihre Ärsche massierten und dann ihre Fäkalien wegtrugen (aber es sah nicht wie gewöhnliche Scheiße aus, Anm. d. Redaktion). So grotesk es aussah, so wichtig schienen diese Lebewesen für die Ameisen zu sein, dass man sogar bereit war, im äußersten Fall eigene Todesopfer für das Leben der Blattläuse zumindest zu billigen. Die Einlasskontrolle gestaltete sich (besonders für Marienkäfer) dementsprechend schwierig.

„Haahlt!", brüllte eine obergriesgrämig dreinschauende Wache und stellte sich ihnen in den Weg! „Also entweder ist heute Halloween oder die Irrenanstalt hat Freigang bekommen." Die Wache betrachtete die erste von zweitausendsiebenunddreißig Reihen voller Ameisen. „Wen haben wir denn da in der ersten Reihe? Ein Marienkäferchen, der Erzfeind unserer Farm, check. Daneben ein hässliches Double der Königin, check, die den Marienkäfer persönlich zur Farm geleitetet, mitsamt Hofstaat. Ist klar!"

„Wie können Sie es wagen, so mit Eurer Majestät zu sprechen?", mischte sich der Kolonnel mit ein.

„Ah, eine mir nichtssagende Ameise im schlechtsitzenden Gewand eines Offiziers, die sich traut, das Maul weit aufzureißen. Schöne Flügel Kumpel. Aber ich bezweifle ihre Echtheit an!"

Die Wache stürzte sich auf die Flügel des Kolonnels und zog verbissen daran, bis er mit

Entsetzen feststellen musste, dass die genauso echt waren, wie der Rang.

Und dennoch: Eintritt verweigert. Dazu musste sich der Wachsoldat noch nicht mal den Rest dieses Haufens näher anschauen, obwohl ihn die bewusstlose Fangschrecke regelrecht ins Auge schoss. Irgendwas roch hier faul, aber gewaltig (vielleicht die offene Gehirnhälfte des Marienkäfers, aber wer wusste das schon so genau).

Ungehalten fuhr die Königin ihren Soldaten an. „Was ist hier los? Warum geht es nicht weiter? Die Zeit drängt.", schnauzte sie.

„Aber Eure Hoheit! Wenn Sie es denn wirklich sind." Irritiert blickte er den Marienkäfer an, dessen Hand von der Königin gestreichelt wurde und die Vermutung nahelag, dass hier vor seinen Augen eine offensichtliche Schmierenkomödie stattfand. „Dies hier ist unsere Farm und das dort ist ein gefräßiger Marienkäfer!"

(Er deutete auf Baba, der so gierig mit seiner Zunge um seinen Mund fuhr, dass sich Schaum um seine Lippen bildete. Überdies wiederholte er im Wahn ständig den Satz: „Leckere Blattläuse fressen! Sie alle wandern in meinen Bauch. Muhahaha. Leckere Blattläuse fressen! Sie alle wandern in meinen Bauch. Muahahah.").

„Sein Verhalten zeigt deutliche Anzeichen von Fresswahn. Er kann es kaum erwarten sich seinen Wanst mit diesen Blattläusen vollzuschlagen, die wir mit unseren Leben beschützen! So lautet jedenfalls der Auftrag Eurer Majestät!"

„Und ich bin die Königin! Lassen Sie uns passieren Soldat, oder ich werde Sie zum Babysitter degradieren. Und das wollen Sie bestimmt nicht. Als einziger gestandener Mann unter hundert zärtlichen Frauen in der Brutstätte dienen, zwischen all dem Geplärr tausender Babyameisen!" (Doch leider hatte die Königin seine Bewerbungsunterlagen nicht richtig angeschaut – denn das war genau die Stelle, auf die er sich vor wenigen Wochen beworben hatte *Babysitter für Brutstätte unter hunderten Frauen gesucht zwischen all dem Geplärr tausender Ameisen* und knallhart abgelehnt wurde).

„In dem Fall muss ich Ihnen erst recht ein entschiedenes *Nein, Sie kommen hier nicht durch*! vor den Latz knallen!", entgegnete ihr die Wache.

„Ungeheuerlich, diese Ameise!", meinte die Königin. „Ungeheuerlich pflichtbewusst. Ich gratuliere. Ich befördere Sie hiermit zum Generalfeldmarschall der 6. Armee und übertrage Ihnen somit die Verantwortung für einen erfolgreichen Feldzug gegen die Termiten!"

„Aber das kann doch nicht Ihr ernst sein!", protestierte die Wachameise aufs Schärfste, die sich nichts Schöneres vorstellen konnte, als im

Kinderhort unter zahlreichen Frauen arbeiten zu dürfen.

„Doch, diese Ehre wird Ihnen nun zuteil. Geleitet ihn zu seinem Kommandostab und macht ihn mit seinen neuen Aufgaben vertraut.", befahl die Königin. Einige Offiziere nahmen sich dem neuen Generalfeldmarschall an und nahmen ihn mit, wenn er auch etwas Gegenwehr zeigte.

Um sich keinen lästigen Unterbrechern mehr entgegenstellen zu müssen, verspritzte die Königin ihre Pheromone durch die Luft, sodass jeder unverkennbar wusste, wer hier durchschritt und vor allem, wer hier die Königin war (nämlich sie, sie höchstpersönlich).

(„Oh mein Gott, sie ist es wirklich. Ich habe meine Mutter zum ersten Mal in meinem Leben getroffen und sie als hässliches Double ihrer selbst betitelt. Ich Schwein. Ich werde die 6. Armee rühmlich für dich opfern Mama, versprochen.", schniefte der neu ernannte Generalfeldmarschall alias pflichtbewusster Wachsoldat, der an einem Dienstag Nachmittag der darauffolgenden Woche den Heldentod starb, als er im Schützengraben beim Drei-Tages-Gefechtsmarsches (nur eine Übung) einigen Kameraden seinen wahren Traumberuf erzählt hatte. Nähere Umstände seines Sterbens wurden nie geklärt).

Baba konnte sich nun nicht mehr zurückhalten. Er fokussierte die zahlreichen Blattläuse und mutierte zu einem Jäger. Nun war er nicht mehr das Opfer zahlreicher Fressfeinde. Jetzt verhielt es sich genau umgekehrt. Die Natur schob ihm die Rolle einer fresswütigen Maschine zu, die anderes Leben zerstören muss, vielleicht sogar will, um selbst zu überleben. Jedenfalls erwachte Bruce allmählich (Bruce allmächtig?) von den ekeligen, gierigen Schmatzgeräuschen seines okaysten Freunds der Welt. Und dieser war kaum mehr wiederzuerkennen.

Der Marienkäfer rannte ungehalten zu den Pflanzenstilen, auf denen reges Treiben unter den Blattläusen herrschte. Doch als sie die Gefahr erkannten (ein Zombiemarienkäfer, kläffend, mit nur einer intakten Gesichtshälfte und offener Gehirnhälfte, zugegeben, das musste ein wahnsinniges Horrorgefühl ausgelöst haben, auch auf mich, in DIESEM Moment), rannten sie schnell davon und versuchten ihre Leben zu schützen!

„Baba, nicht!", rief Bruce betroffen und gekränkt zugleich. „Hast du denn all die Zeit an meiner Seite überhaupt nichts gelernt? Waren alles nur hohle Phrasen?"

Doch der Zombiemarienkäfer reagierte nicht auf seinen Freund, sondern nur auf die Panikschreie der Blattläuse, die ihn wie der leckere Duft von

Warmspeisen zum Teller führen soll. Er befand sich im Kill-Modus. Es galt zu fressen, nicht gefressen zu werden. Denn sein Hunger war unermesslich. Und die Speisen zum Greifen nah.

Geschockt sah auch die Königin zu, wie sich der liebevolle, aufopfernde Marienkäfer in eine Bestie verwandelte. „Stoppt ihn!", befahl sie im entsetzlichen Schreiton. „Die Blattläuse sind unsere Freunde!"

Einige hundert Ameisen stürzten sich auf Baba, noch ehe er eine Blattlaus zu fassen bekam. Doch er wehrte sich derart vehement, dass er sogar seine giftigen Spritzdrüsen zum Einsatz brachte. Die Ameisen, die ihn unmittelbar auf den Boden gedrückt hielten, erwischte es am schwersten. Sie schrien vor Schmerzen, fielen auf die Seite und bogen sich vor Höllenqualen. Doch die nächste Schicht Ameisen stürzte sogleich auf den Marienkäfer. Nachdem weitere Ameisen verletzt wurden und Baba, oder die Bestie in ihm, merkte, dass die Anzahl der Ameisen zu überwältigend war, gab er auf.

Bruce bewegte sich langsam auf seinen okaysten Freund der Welt zu. Hunderte von Ameisen, die sich auf den Marienkäfer gestürzt hatten, wichen der Fangschrecke zu beiden Seiten aus und bildeten einen Korridor zu dem einstigen

Opernsänger, der schwer atmend am Boden lag, umzingelt von den schwarzen Sechsfüßlern.

„Ja Bruce!", stöhnte er nach Luft ringend, während Bruce auf ihn zukam. „Auch ich kann eine Bestie sein, wie du siehst."

„Ich bin ein Esanbeter, Baba! Können ist nicht müssen!", brachte ihm die Fangschrecke entgegen. „Doch du musst selbst entscheiden, ob du ein Teil des ewigen Scheiß des Lebens, oder etwas Besseres für diese Welt sein willst!"

Der Kolonnel, der mithilfe der Prinzessin und ihrer Anhängerschaft wieder Ruhe unter den Blattläusen gebracht hatte, bewegte sich mit schnellen Schritten auf Bruce und Baba zu. In der Hand hielt er eine durchsichtige, glibberige Substanz, die aus den Hinterteilen der Blattläuse abgesondert werden, wenn die Ameisen ihre Hintern massierten.

„Probier das!", schlug er dem Marienkäfer vor. „Bevor du noch mehr Unheil anrichtest."

Der Marienkäfer roch zunächst an dem wackelpuddingartigen Zeug. Es duftete nach nichts. Dann leckte er vorsichtig an der Oberfläche und schlürfte es plötzlich mit einem Male weg! „Das ist köstlicher als alles, was ich bisher gefressen habe. Zugegeben, das waren ausschließlich Blattläuse!"

„Wenn ihr Überleben wollt, ohne andere Lebewesen zu töten, dann haben wir hier die perfekte Lösung gefunden!'", lachte der Kolonnel, als er sah, wie gut es dem Marienkäfer schmeckte.

Blattläuse. Das war also das Geheimnis, um im Einklang mit der Welt zu leben. Baba wollte es sich nicht nehmen lassen, ihm, seinem okaysten Freund, seine erste Gaumenfreude höchstpersönlich zu servieren. Es war ein besonderer Moment für Bruce, als er den Honigtau von Baba überreicht bekam. Noch nie, seit sein kleines Herz in seiner winzigen Brust schlug, hatte er etwas gegessen. Noch nie in seinem kurzen Leben, das ihm schon so lange vorkam, war er satt. Diesmal tat er niemandem weh. Er musste kein Leben töten um zu überleben. Im Gegenteil. Er musste es nur hegen und pflegen, es respektieren, so wie es die Ameisen taten. Und die Gaben dieser Symbiose erhielten das Leben, auf beiden Seiten.

Ein Leben ganz nach dem Geschmack von Bruce.

Kapitel 22 – Der ewige Scheiß des Lebens

Tage vergingen, in denen Baba und Bruce Seite an Seite mit den Ameisen der Kolonie lebten und sich vom Nektar der Blattläuse satt aßen (eine wirkliche Mangelernährung konnte auch der hiesige Leibarzt Dr. med. Wurst nicht feststellen. Im Gegenteil. Bruce gedieh prächtig, sodass die Arbeiter/innen die Tunnel ausbauen mussten, damit er sich noch frei darin bewegen konnte).

Bruce avancierte zum persönlichen Berater der Prinzessin, die kurz davor stand den Kolonnel zu heiraten, um danach den Ameisenstaat zu übernehmen, während Baba sich quietschfidel mit der Königin vergnügte.

„Prinzessin Raya, die Vorbereitungen für die morgige Hochzeit sind abgeschlossen.", informierte der Esanbeter seine Freundin.

„Vielen Dank Bruce. Sieh mich an, ich bin doch eine tolle Braut, nicht wahr?

„Gewiss."

„Ich sehe wunderschön aus, in dem grünen Hochzeitskleid. Meine Blattschneiderinnen haben sich allesamt selbst übertroffen, findest du nicht?

„Das kann ich nur bestätigen."

„Und der Ballsaal, wo der Kolonnel und ich unseren ersten Tanz als Mann und Frau aufführen, ist so schön geschmückt."

„Davon konnte ich mich bereits selbst überzeugen. Er übertrifft bei weitem alle Festsäle, die ich bisher sehen durfte."

„Und warum bin ich dann keine glückliche Braut, Bruce?"

Bruce trat an Rayas Seite, die aus ihrem Gemach auf das Treiben der Arbeiter/innen sah.

„Was sagt dein Herz?"

„Das ist es nicht. Es ist mein Verstand, der mich um die wundervollen Gefühle bringt, die ich eigentlich haben sollte. Ich frage mich ständig, ob er der Richtige für mich ist."

„Er ist es!"

„Warum bist du dir da so sicher?"

„Wenn er *Mr. Right* ist, und ich denke, das hat er schon zahlreich bewiesen, dann bist du *Mrs. always Right*! Glaube mir, ein besseres Liebeskonzept gibt es nicht!"

Raya lächelte.

„Die Frage lautet nur: Willst du seine *Mrs. always Right* sein?

„Ja, das will ich!", sagte sie überschwänglich und plötzlich vereinten sich alle Gefühle einer glücklichen Braut in ihr. All ihre Zweifel waren wie weggeblasen.

„Danke Bruce."

Baba hingegen kuschelte mit der Königin in seinem Zimmer. Nach dem Liebesakt (der organisch gar nicht möglich war, aber dennoch für folgenden Gag in diese Geschichte musste!) puhlte die Königin ein winziges Sandkorn aus Babas freiliegender Gehirnhälfte. Baba kam wieder zu sich und fragte: „Und, wie war ich?"

„Ihr wart super einfühlsam und doch so animalisch. Ich liebe euch beide." Die Königin küsste befriedigt Baba und den winzigen Stein* (*der erste, welcher die Persönlichkeit des Marienkäfers verändert hatte und ein Geschenk von Bruce an die Königin war) eher sie letzteren in einer Art Ameisenschublade versteckte.

„Was denkst du?", fragte Baba die Königin, die nachdenklich in seinen Armen lag.

„Mit dem morgigen Tag werde ich alle Regierungsgeschäfte an den Nagel hängen.", erwiderte sie gedankenversunken.

„Du wirst endlich frei und meine First Lady sein."

„Du bist süß, Baba. Aber irgendwie fühle ich mich nicht mehr gebraucht. Die Kolonie kann jetzt auch ohne mich überleben. Wo ist mein zukünftiger Platz?"

„Du wirst gebraucht! Dein Platz ist an meiner Seite!"

„Und wohin geht die Reise?"

„Wo immer du hinwillst!"

Am nächsten Tag war es so weit. Raya wurde von ihrer Mutter zum Altar begleitet, wo der Kolonnel bereits sehnsüchtig auf seine zukünftige Ehefrau wartete. Bräutigam und Braut lächelten sich verlegen an, als die Königin ihre Tochter an den zukünftigen König übergab, denn mit der Vermählung stand auch die Krönung der beiden an. Die Königin stellte sich an Babas Seite und sie folgten der Zeremonie, während sie verliebt Händchen hielten. Gemeinsam mit Bruce standen sie selbstverständlich in der ersten von zehntausend Reihen (aber wenn mich nicht alles täuscht besaßen die Ameisen auf den hinteren Rängen Augengläser von Fielmann, also keine Sorge, sie sahen perfekt nach vorn).

Nachdem sich Raya und der Kolonnel das Ja-Wort gaben und die Krönung vollzogen war, klatschten alle Anwesenden vor Freude.

„Ein Hoch auf die Liebe!", „Höher lebe das Brautpaar!", „Am höchsten sollte ihr Koitus gipfeln!", rief das Volk wild durcheinander und ein jeder wollte den anderen mit seinen Glückwünschen übertrumpfen, auch wenn die Superlative noch so absurd klangen.

„So ein schönes Brautpaar!", „So ein schöneres Brautpaar!", „So ein am schönsten

Brautpaar!", ging es weiter und ließ jeden Deutschlehrer insgeheim wieder die Prügelstrafe herbeisehnen. Nur das Brautpaar bekam nicht genug von den Glückwünschen. Überwältigt vor so viel Zuspruch schritten sie lächelnd und winkend an ihrem Volk vorbei.

Am Ausgang an der Erdoberfläche warteten zwei weiße Tauben (die ein Kommandotrupp tags zuvor gefangen genommen hatte und ihnen die Schnäbel und Füße mit Gras zugeschnürt hatten – es handelte sich hierbei um die schwulen Tauben Larry und Brian), die von insgesamt fünfzehntausend Ameisen etwa ein Zentimeter hoch in die Luft geworfen wurden, als sich die Vermählten zeigten. Beim Flügelschlag der Vögel (wohl eher Flucht) wurden etwa dreitausend Helferameisen leicht bis schwer verletzt und darüber hinaus zweihundertsieben bis zum heutigen Tag vermisst. Aber das tat der guten Stimmung keinen Abbruch. Es wurde gelacht, getanzt, gefressen (und zwar nur noch der Nektar der Blattläuse in allen verschiedenen Geschmacksrichtungen. Denn sie lebten jetzt nach der Bruce-Philosophie, weshalb ein ganzes Team den lieben langen Tag damit beschäftigt war, neue Aromen und Rezepturen für den Nektar zu entwickeln).

Am Abend verabschiedeten sich die beiden, die sich trauten Ja zu sagen. Sie verschwanden in ihrem Gemach und machten Liebe bis in die frühen Morgenstunden, während das Volk sich noch weiter im Ballsaal vergnügte. Baba und die Königin verabschiedeten sich ebenfalls, nachdem sie eine heiße Sohle aufs Bankett gelegt hatten. Nur Bruce stand einsam und allein in der Menge der Feierwütigen.

Ja, sein Bauch war gefüllt, aber sein Leben nicht erfüllt. Es schmerzte ihn zusehens, dass er keine Frau an seiner Seite hatte, so wie der Kolonnel und Baba. Die Hormone des Esanbeter spielten verrückt. Alterstechnisch war er längst für die Liebe bereit (er durchlief einige Häutungen und war jetzt eigentlich ein Erwachsener, was nichts anderes hieß, als dass er absolut paarungswillig war).

Noch in derselben Nacht schlich er sich aus dem Ameisenbau. Im Licht des Mondscheins wollte er sich klar darüber werden, wohin seine Reise noch gehen sollte. Das Verlangen in ihm, Nachwuchs in diese Welt zu setzen, war größer denn je. Die Pubertät hatte ihn verändert und die Hochzeit klar vor Augen geführt, dass er noch eine wichtige Aufgabe in seinem Leben erfüllen musste. Die Natur, gegen die er sich so vehement gewehrt hatte, verlangte es so von ihm. Schlimmer noch als der Hunger, dürstete es ihn jetzt nach einem Weibchen. Doch er wusste auch, dass es nicht richtig sein konnte. Warum sollte er Fressmaschinen zeugen und auf die Welt loslassen, die ohne seinen Wunsch sich mit einem Weibchen zu paaren, gar nicht existieren würden? Warum sollte er dieser Welt noch mehr Leid hinterlassen, etwas, das er kategorisch und aus voller Überzeugung bis hin zum Selbstmord immer abgelehnt hatte?

Bruce blickte hinauf zu den abertausenden Sternen, die ihm, so hoffte er inständig, Antworten auf seine Fragen geben konnten. Doch sie schwiegen. Wie immer.

Die Nacht wurde durchzogen von unwiderstehlichen Düften seiner weiblichen Artgenossen. Er zögerte hin und her, wusste nicht, ob er einer dieser Duftnoten folgen sollte, die seine Begierde heftiger befeuerte, als ein Flammenwerfer Grillkohle.

Doch Gott hat es so eingefädelt. Der Allmächtige will es so. Zweifellos, die Zeit war gekommen. Wenn er sich auch gegen den Hunger wehren konnte und für sich und Baba eine alternative Futterquelle entdeckte, so schwieriger konnte er nun der Begierde entgegentreten. Sie lauerte überall. Düfte, Aromen, alles was seine Artgenossinnen in den Raum warfen, um Männchen auf sich zu ziehen, köderten ihn.

„Ich werde nur einen Blick auf die ein oder andere Dame werfen.", versprach er sich selbst und tapste in die dunkle Wiesenlandschaft, obwohl er sich genau daran erinnerte, wie sein Vater den Tod gefunden hatte. Aber es war fast so, als hätte er keine Kontrolle mehr über seine Beine, die zumindest seinem Verstande nach eine andere Richtung einschlagen wollten.

Auf einem einzigen Grashalm sah er sie dann. Das wohl schönste und unwiderstehlichste Geschöpf, das seine Augen je erblickten. Sie versprühte einen betörenden Duft, der seine Wirkung nicht verfehlte. Bruce konnte sich nicht im Geringsten dagegen wehren und ging lächelnd auf die Lady zu.

„Tu das bitte nicht Bruce!", rief plötzlich eine besorgte, vertraute Stimme. Bruce drehte sich langsam um. „Baba. Was machst du denn hier?", fragte er überrascht und fröhlich zugleich.

„Dich vor einer wahnsinnigen Dummheit bewahren.", erwiderte der Marienkäfer und entließ eine Wachameise mit einem Schulterklopfen: „Danke, dass du mir von seinem nächtlichen Ausbruch berichtet hast. Und nun geh zurück zu den anderen und amüsiere dich!"

Die Wachameise verschwand im Dickicht und Bruce betrachtete Babas sorgenvolle Mine.

„Baba, ich weiß, was du mir sagen willst…".

„Und was denkst du, was ich dir sagen will?"

„Kämpfe gegen dein Verlangen an, darin bist du geübt. Sonst stirbst du in den Armen dieser Frau!

Hast du denn gar nichts gelernt von deinem Vater, dem Leben, und unserer Reise?"

Der Marienkäfer schüttelte den Kopf.

„Nein Bruce. Das wollte ich dir nicht sagen."

„Wirklich nicht?", fragte Bruce erstaunt und etwas enttäuscht.

„Ich wollte mich nur verabschieden."

Baba und Bruce liefen sich in die Arme und heulten was ihre Tränendrüsen hergaben.

„Du verstehst es?", wollte Bruce wissen.

Der Marienkäfer nickte.

„Ich glaube, ich habe es jetzt auch verstanden, mein Kumpel. Das ist der ewige Kreis des Lebens!", erklärte Bruce.

„Nein, Bruce!", korrigierte ihn Baba mit einem großen Schniefen. „Das ist der ewige Scheiß des Lebens."

Beide wussten, dass das Unaufhaltbare, Gottes Wille, kurz bevorstand.

„Du wirst verstehen, dass ich dir nicht dabei zusehen werde.", meinte Baba geknickt.

Bruce nickte.

Der Marienkäfer verabschiedete sich mit den Worten: „Lebwohl mein okayster Freund der Welt. Und danke für Alles!"

Dann zog er mit gesenktem Haupt von Dannen.

„Machs gut mein okayster Freund der Welt!", flüsterte Bruce und widmete sich dann seinem paarungswilligen Weibchen.

Nach dieser Nacht verschwand der Esanbeter spurlos und Bruce sollte nie wieder gesehen werden.

Kapitel 23 - Epilog

Baba hielt das Andenken und das Vermächtnis seines okaysten Freunds auf der Welt bis zu seinem eigenen Tod aufrecht, sodass dort draußen, irgendwo auf dieser empfindlichen Kugel namens Erde noch immer ein Volk von Ameisen existiert, das sich ausschließlich vom Nektar der Blattläuse ernährt und weitere Symbiosen mit anderen Geschöpfen eingegangen ist. Zumindest muss dort, in diesem winzigen Mikrokosmos, im Nirgendwo des Universums, kein Geschöpf mehr für das eigene Überleben ein anderes Leben töten. Und auch, wenn es Gott, dem Allganzen oder dem gesamten Universum gleich ist, was dort geschaffen wurde:

Dass die Erde an diesem winzigen Ort überhaupt erst eine Seele besaß, das alles verdankten sie einer Fangschrecke, die es gewagt hatte, sich gegen Gott und die Natur zu stellen und die Welt, die niemals die beste aller Welten sein konnte, in ihrem möglichen Umfeld zu einer besseren machte.

In Gedenken an Bruce Esanbeter.

Erweise Bruce und Baba die letzte Ehre mit dem Lied:
Simple Minds – Don`t you (forget about me)